KB264804

소금이

소금이

초판 1쇄 펴냄 | 2017년 4월 5일

글 | 김우경
그림 | 장순일
편집 | 정석화
디자인 | 이안디자인
펴낸이 | 정낙묵
펴낸 곳 | 도서출판 고인돌
주소 | 경기도 파주시 꽃아마길 51 1층 (우) 10884
홈페이지 | www.goindolbook.com
전화 | 031-943-2152
전송 | 031-943-2153
손전화 | 010-2261-2654
전자우편 | goindol08@hanmail.net
출판등록 | 제 406-2008-000009호

ⓒ 김우경·장순일 2017
이 책의 내용을 쓰고자 할 때는 저작권자와 출판사의 허락을 받아야 합니다.

값 13,000원
ISBN 978-89-94372-84-6 73810

이 도서의 국립중앙도서관 출판예정도서목록(CIP)은 서지정보유통지원시스템 홈페이지(http://seoji.nl.go.kr)와
국가자료공동목록시스템(http://www.nl.go.kr/kolisnet)에서 이용하실 수 있습니다. (CIP제어번호: CIP2017006609)

소금이

글|김우경 그림|장순일 추천|조월례

고인돌

차례

소금이

1. 이름을 바꾸고 싶어

"이름아, 지금 8월 맞지?"

"몰라. 밖에 나가면 해가 나만 따라다녀."

이름이 아버지가 달력에서 7월을 쫘악 찢어 냈다.

"아부지, 그 종이 나 줘. 그림 그리게."

이름이는 달력 종이를 돌돌 말았다.

"근데 아부지, 내 이름, 아부지가 지었지? 그때도 성이 남씨였어?"

"성은 잘 안 바뀌어."

"그럼 성을 생각하면서 이름을 지었어야지. 내 이름이 아닌 것 같잖아, 남이름."

아버지가 마른빨래를 개면서 이름이를 힐끗 보았다.

"처음에는 '이룸'이라고 지었어. 엄마랑 같이 지었는데, 내가 시청에 이름 올리러 갔다가 잘못 올린 거야."

"이룸? 그게 뭐야? 더 안 좋아."

"그래? 다행이네."

"새로 하나 짓고 싶어. 성도 같이 바꿔도 돼?"

"그, 그건 안 돼."

"그럼 이름만 바꿀게."

"뭐라고 바꾸고 싶은데?"

"아직 안 정했어. 물어봐야지."

"누구한테?"

"동무들한테. 오소리는 아부지를 '넘어지기 쉬운 큰 걸음'이라고 불러."

"너무 길면 안 좋아."

"히히, 고슴도치는 나를 '옛날에 유치원 다닐 때'라고 불러."

"유치원 다닐 때 얘기를 자주 하니까 그러지. 그다지 옛날 일도 아닌데."

"나한테는 아주 옛날이야."

마침 바깥에서 동무들이 불렀다.

"이름아, 놀자!"

"옛날에 유치원 다닐 때, 노올자!"

이름이가 일어서서 바깥을 내다보았다.

"고슴도치 가시 조심해. 또 한 녀석은 누구야?"

"능구렁이 같은데?"

"물릴라, 조심해."

"독 없어."

"독은 없어도 성질이 사나워. 너는 어째 저런 동무들만 사귀니?"

"쟤들이 어때서? 고슴도치도 친해지면 가시 안 세워."

"아무튼, 두루두루 사귀라고."

"알았어. 나 놀러 간다."

"너무 멀리 가지 마라. 깔딱고개 너머 도깨비……."

"도깨비골에는 안 가."

이름이는 달력 종이를 돌돌 말아 쥐고 밖으로 나왔다. 고슴도치가 말했다.

"부들나루에서 자라가 기다려. 물놀이하러 가자. 근데 그건 뭐야?"

"달력 종이. 그림 그리게."

"그림? 그림은 내가 잘 그리지! 나는 물 위에도 그림을 그리고 모래 위에도 그릴 수 있어."

능구렁이가 말했다.

"좋아, 물놀이하다가 마당바위에 올라가서 그림 그리자."

잔별늪에는 부들이 많다. 부들은 키가 커서 뿌리는 물속 땅에 있고 줄기랑 잎은 물 위로 주뼛하게 솟아서 자란다. 여름에 꽃이 피는데, 마치 어묵이나 소시지를 꼬치에 꿰놓은 모습이다.

"내가 유치원 다닐 때, 이거 닮은 소시지 반찬 많이 먹었어. 너희는 어떤 맛인지 모르지?"

이름이가 이렇게 말하면 다들, "또 유치원 때 얘기니?" 이러면서 삐치곤 했다.

잔별늪 부들나루에 닿으니 자라와 물총새가 기다리고 있었다.

"물총아, 안녕! 뻥쟁이도 안녕!"

자라는 뻥쟁이다. 걸핏하면, 자기는 용궁이 어디 있는지 안다면서 으스

댄다. 어디 있느냐고 따지면, 구경시켜 줄 테니까 따라오라며 물속으로 들어가 버린다. 그런데 이름이는 자라처럼 물속 깊은 곳까지 들어갈 수가 없다. 그걸 알고 자라가 더 으스대는 것 같다. 한번은 꺽지한테 용궁이 정말로 있기는 있느냐고 물어보았더니, 이렇게 말했다.

"글쎄, 나도 들은 적은 있어. 하지만 보지는 못했지. 바닷속 어딘가에 있다는 이야기도 있고."

꺽지

있기는 있는 모양이다. 하지만 자라가 용궁을 안다는 소리는 아무래도 거짓말 같다. 꺽지는 자라보다 헤엄도 잘 치고, 푸른머리 호수 저 멀리까지 돌아다닌다. 꺽지가 못 가 본 용궁을 자라가 가 봤을 턱이 없지.

"어, 시원해! 들어와."

능구렁이가 물에 들어가서 부들 사이로 매끄럽게 헤엄 쳤다. 이름이도 풀밭에 옷을 벗어 놓고 물에 뛰어들었다.

"도치야, 너도 들어와!"

자라가 물갈퀴 달린 네 발을 앞뒤로 저으며 말했다. 고슴도치는 물가 얕은 곳에서 몸을 적셨다. 물총새는 물 위로 드리워진 버드나무 가지에 앉아 물속을 살피고 있었다.

이름이는 숨을 크게 들이마시고 물속으로 헤엄쳐 들어갔다. 물속에서 눈을 떠 보니 눈앞이 흐릿한데, 피라미 떼가 지나가는 게 보였다. 피라미 한 마리가 살짝 웃으면서 입을 뾰로통

피라미

하게 내밀고 뭐라 했다. 소리가 작아서 들리지는 않았지만, 반가우니까 일부러 샘난 척 입을 내밀었을 것이다.

"푸아아아!"

이름이는 물속에서 꽤 오랫동안 숨을 참을 수 있다. 그러면 도치가 물가에서 지켜보다가, 놀라서 털을 빳빳이 세우고 이름이를 소리쳐 부른다.

"유치원! 유치원! 너무 오래 있지 마! 물속에 갇히면 어쩌려고 그래?"

가시 같은 털이 있어서 겉보기엔 사나워 보여도, 도치는 마음이 얼마나 여린지 모른다.

"얘들 때문에 낮잠을 못 자겠네. 왜 이리 첨벙대고 난리야?"

물풀 사이로 황소개구리가 어슬렁어슬렁 나타났다. 등에 개구리밥이 푸릇푸릇 붙어 있었다. 황소개구리를 보더니 능구렁이가 이름이 옆으로 슬그머니 헤엄쳐 왔다.

"야, 너희 둘이 쌈하면 누가 이겨?"

자라가 능구렁이와 황소개구리를 번갈아 보며 물었다.

"나는 쟤를 휘감아 조를 수 있어. 그런데 입 찢어질까 봐 삼키기는 싫어."

능구렁이가 말했다.

"개구리가 뱀을 어떻게 이기겠니? 뭐, 배가 엄청나게 고프다면 모를까."

황소개구리가 느릿느릿 말했다. 이름이가 얼른 물었다.

"지금은 배 안 고파?"

"응."

"그럼 됐어. 같이 놀자."

그제야 능구렁이가 개구리 옆으로 헤엄쳐 갔다. 물총새는 아직도 버드나무 가지에 앉아서 물속을 살피고 있었다.

"물총아, 너는 여럿이 놀 때도 먹을 것만 살피니?"

"아, 미안. 그냥 보고만 있었어. 나 배 안 고파."

"인제 보니 피라미가 너 때문에 입을 삐죽거렸구나. 물속에서 내 앞을 지나가면서 뾰로통해서 뭐라고 중얼거렸어."

"나는 진짜로 그냥 보고만 있었어."

"네가 보고만 있어도 피라미는 마음이 안 편할 거야."

"걔가 뭐라 그랬는데?"

"그건 못 들었어. 거기 있지 말고 이리 와. 이젠 이야기놀이 하자."

이름이가 늪에서 나와 풀밭으로 가면서 말했다. 발가락 사이에 보드라운 모래흙이 묻어 있었다. 모두 풀밭으로 모였다.

"누가 먼저 할래?"

이름이는 풀밭에 벗어 놓은 옷을 다시 입었다.

"아무도 안 하면 내가 먼저 할까?"

"유치원 이야기하기 없기!"

도치가 잽싸게 말했다.

"유치원 이야기 아니야. 물총새 이야기야."

물총새가 눈을 동그랗게 떴다.

"나는 네 이름 처음 들었을 때, 네가 입으로 물을 쏘는 새인 줄 알았어."

"하하, 나는 물 쏠 줄 몰라. 아주 빠르게 물속으로 뛰어들 줄은 알지. 그리고 내 이름은 내가 안 지었어."

"나도 내가 안 지었어."

"나도."

능구렁이랑 고슴도치가 말했다.

"나는 내가 지었어."

자라가 으스대면서 말했다.

"뻥치지 마! 이름은 남이 붙여 주는 거야."

황소개구리가 말했다.

"근데 황소개구리는 몸집이 황소만큼 커서 황소개구리일까?"

"자라 너, 황소를 본 적은 있니?"

"아니, 없어. 도치 너는?"

"히힛, 나도."

이름이가 이젠 자기 차례라는 듯이 나섰다.

"나는 황소 봤어, 유치원 다닐 때."

"읍!"

모두 고개를 돌리며 짧게 한숨을 쉬었다. 유치원 이야기만 꺼내면 그런다. 이름이는 아랑곳하지 않고 황소개구리를 가리키며 말했다.

"얘 울음소리가 황소 울음소리를 닮아서, 그래서 황소개구리야."

"그것도 유치원에서 배웠니?"

"아니, 울 아부지한테. 개굴아, 황소 소리 들려줘 봐."

그러자 황소개구리가 소리주머니를 불룩하게 부풀렸다.

"움워엉 움워엉."

"황소야, 너무 슬피 울지 마."

물총새가 장난스럽게 말했다.

"아핫, 참! 나, 이름을 바꾸고 싶어!"

이름이가 갑자기 큰 소리로 말했다.

"이름을 바꾼다고?"

"응, 뭐로 하면 좋겠니? 아무거나 말해 봐."

그런데 아무거나 쉽게 안 떠오르는 눈치다. 도치가 먼저 말했다.

"새로 바꾸는 거니까, 새이름은 어때?"

"새이름? 좋아. 그런데 고슴도치보다는 안 좋아."

"너는 물을 좋아하니까 물은 어때?"

물총새가 말했다.

"물을 좋아하지만, 나는 산도 좋아해."

"그럼 산으로 해."

"산도 좋아하지만, 나무도 좋고 풀도 좋고 바람도 좋고, 모두 다 좋아."

"그럼 모두는 어때? 한 글자로 하고 싶으면 다로 해도 되지."

자라가 말했다.

"다? 음, 자라보다는 나은 것 같은데……. 좀 더 생각해 보자. 지금 바로 안 정해도 돼."

"쳇, 맘대로 하렴."

자라가 살짝 삐쳐서 말했다.

"맘대? 그것도 괜찮은걸."

"좋을 대로 하라고."

"좋을대? 그것도 괜찮아. 하하, 삐쳤지?"

"안 삐쳤어. 하지만 이제 말 안 해. 벌써 네 개나 말해 주었으니까."

"그래, 고마워. 이름은 다음에 또 짓고, 우리 이제 그림 그리러 가자."

"좋아, 그림 그리러!"

"가자, 마당바위로!"

모두 길을 나섰다.

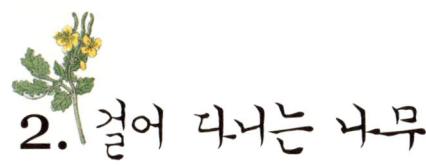

2. 걸어 다니는 나무

마당바위는 물오름재 마루에 있다.

물오름재는 달팽이산 끝자락에 있는 고개다. 거기서 올려다보면 달팽이 산이 한눈에 들어온다. 돌아서면 푸른머리 호수가 한눈에 들어오고, 호수 위로 바람이 불면 푸른 머리카락처럼 잔물결이 꼬불꼬불 휘날린다.

"모두 어디 가는데?"

달뿌리풀 샛길을 지날 때, 등줄쥐가 나타나 물었다.

"그림 그리러 마당바위에."

"그럼 나도 가자."

등줄쥐가 따라나섰다.

얼마쯤 가다가, 자라가 자꾸 뒤처지더니 말했다.

"나는 더 못 가겠어. 돌아갈래."

"그래, 그럼 내일 잔별늪에서 보자."

물총새가 말했다.

개망초 언덕을 지날 때, 왕사마귀가 세모 얼굴을 내밀고 물었다.

"어디 가는데?"

"그림 그리러 마당바위에."

"그럼 나도 가자."

달뿌리풀

왕사마귀가 따라나섰다.

얼마쯤 가다가, 황소개구리가 뒤처지더니 말했다.

"나도 더 못 가겠어. 돌아갈래."

"그래, 그럼 내일 부들나루에서 보자."

능구렁이가 말했다.

잔돌밭을 지날 때, 오소리가 불쑥 나타나 물었다.

"작은 걸음! 어디 가는데?"

오소리는 이름이를 '넘어지기 쉬운 작은 걸음'이라 부르고, 이름이 아버지를 '큰 걸음'이라 그런다.

"달력 종이에 그림 그리러 마당바위에!"

고슴도치가 대신 말했다. 이름이는 돌돌 말아 쥔 달력 종이를 한 번 들어 올렸다가 내렸다.

"그럼 나도 가자."

오소리가 따라나섰다.

"그런데 오소리야, 앞으로는 작은 걸음이라고 부르지 마. 내가 이름을 새로 지을 생각이거든."

"이름을 바꿔?"

"응, 그러니까 너도 좋은 이름 하나만 생각해 봐."

"알았어. 내 생각에는 작은 걸음도 괜찮은데."

오소리가 중얼거렸다.

칡덩굴 비탈을 지날 때, 고라니도 함께 가겠다며 따라나섰다.

억새밭을 지날 때는 산토끼랑 실베짱이가 따라나섰다.

상수리나무 아래에 있던 다람쥐도 따라나섰다.

소나무 위에 있던 청설모도 따라나섰다.

엉겅퀴 꿀을 빨던 호랑나비도 따라나섰다.

길에서 만나는 동무들이 모두 따라나섰다.

마당바위가 가까워졌다. 잿마루에서 선선한 바람이 불어왔다.

"다들 어디 가는데?"

오솔길 옆 생강나무가 잎을 흔들면서 물었다.

"마당바위에, 그림 그리려고."

이름이가 생강나무 잎을 만지면서 대답했다.

"그럼 나도 따라갈래!"

생강나무가 어깨를 우줄거렸다.

"쉿, 잠깐! 하늘을 봐 봐. 아직 해가 높잖아! 잎이 금방 시들어 버릴 거야."

고라니가 얼른 생강나무를 막아서며 소곤거렸다. 그리고 둘레에 있는 다른 나무들을 살폈다. 다들 따라가겠다며 나서면 큰일이다.

"괜찮아, 그늘로 빨리 달려가면 돼."

생강나무가 작게 말했다.

"안 돼! 마당바위 둘레에는 마른 흙뿐이야. 네가 설 자리가 없어."

고슴도치가 말했다.

"맞아, 바위는 햇볕에 뜨겁게 달아서 디디지도 못해."

다람쥐가 말했다.

"그림 그리고 놀면 신 날 텐데."

생강나무가 가지를 늘어뜨리며 말했다. 생강나무 가지를 꺾으면 생강 냄새가 난다고 아버지가 그랬는데, 이름이는 한 번도 가지를 꺾어 본 일이 없다.

"우리가 그림 그려서, 돌아올 때 너한테 보여 줄게. 여기 꼼짝 말고 있어."

이름이가 존조리 말했다. 그 말에, 생강나무가 마음을 고쳐먹었다.

모두 다시 길을 걸었다.

"나무나 풀은 한자리에 좀 가만히 있으면 좋겠어. 그게 옳은 거잖아."

왕사마귀가 고라니 등에 올라앉아 말했다.

산마늘

"그러게! 도대체 어떤 나무가 처음으로 걷기 시작했을까? 풀일까? 엊그제 해맞이고개 아래에서 산마늘 한 포기를 찾아 잎을 조금 뜯어 먹었거든. 그런데 오늘 아침에 다시 가니까 얘가 어디로 숨어 버렸는지 없는 거야."

산토끼가 말했다.

"내 생각은 달라. 나무나 풀도 걸어 다니는
게 옳아. 내가 나무라면 한곳에서 한
시간도 못 버틸 거야."

이름이가 말했다.

나무나 풀이 언제부터 걸어 다녔는지는 이름이도 모른다. 그런데 누가 맨 먼저 그랬는지는 안다. 한번은 이름이가 마당바위에 누워서 살짝 잠이 들려고 하는데,

바위채송화

바위채송화 무리가 자기들끼리 말하는 소리를 들었다.

"그건 산삼이 맨 먼저래. 산삼이 자리를 옮겨 다니는 걸 보고, 다른 풀이랑 나무들도 조금씩 움직이기 시작했대."

"그래? 나는 그냥 이 바위가 좋아. 안 옮겨 다니고 여기서 끝까지 살 거야. 너, 산삼 본 적 있니?"

"아니. 그런데 이 얘기 들었어? 아주 오래된 산삼은 어찌나 빠르게 옮겨 다니는지, 욕심쟁이 눈에는 좀처럼 안 보인대."

"흠, 알겠어. 그래서 네가 못 본 거구나."

"그러는 너는 봤니? 들어 봐. 그러다가 정말로 애타게 자기를 찾는 짐승이나 사람 앞에서는 스스로 모습을 드러낸대."

이름이는 산삼을 한 번도 만난 적이 없다. 그래서 산삼이 얼마나 빠르게 옮겨 다니는지 모른다. 그저 다른 풀이나 나무가 움직이는 걸 보면서 어림잡아 헤아릴 뿐이다.

산삼뿐만 아니라 오래 묵은 더덕이나 천마 같은 약초도 재빠르게 옮겨 다녀서 찾기가 쉽지 않다. 도라지는 한자리에서 삼 년을 살고 나면 펑 사라져 버린다는 말도 있다.

더덕

나무들도 놀랄 만큼 빨리 걷는다. 급하게 달릴 때는 뿌리가 안 보인다. 빗자루로 땅을 쓸듯이, 눈 깜짝할 사이에 스사삭 사라진다. 주로 밤에 많이 돌아다닌다. 낮에는 해 때문에 멀리까지 못 다닌다. 함부로 나다니다가 뿌리가 마르면 큰일이다. 그래서 밤이나 흐린 날에 많이 움직인다. 비가 쏟아지는

천마

도라지

날, 비안개 사이로 무엇인가 빠르게 지나가는 것이 보이면, 그건 짐승일 수도 있겠지만, 나무일 수도 있다. 아니, 나무이기 쉽다.

나무들은 그렇게 밤에 돌아다니다가 날이 밝으면 처음 자리로 돌아온다.

이름이는 낮에 이렇게 돌아다니다가 날이 어두워지면 집으로 돌아간다.

마침내 마당바위에 닿았다.

고슴도치, 능구렁이, 물총새, 등줄쥐, 왕사마귀, 오소리, 고라니, 산토끼, 실베짱이, 다람쥐, 청설모, 호랑나비, 꽃등에, 산개구리, 파리매……

함께 온 동무들이 모두 마당바위로 올라섰다. 마당처럼 넓어서 다 올라설 수 있다.

꽃등에

"달팽이산을 그리자!"

파리매가 말했다.

"그래, 달팽이산을 그리자!"

여럿이 다투어 말했다. 파리매가

파리매　　　　　산개구리

조금 일찍 말한 것뿐이었다. 마당바위에 서면 누구라도 그렇게 말하게 된다. 마당바위에서 올려다보면 달팽이산이 한눈에 들어온다. 돌아서서 푸른머리 호수 쪽을 바라볼 때는 빼고.

"앗, 뭐로 그리지? 물감이 없어."

이름이가 바위 위에 달려 종이를 펼치면서 말했다.

"문제없어."

"잠깐만 기다려."

동무들이 저마다 어디론가 기어가고 달려가고 날아갔다.

물총새가 부리에 물을 담아 와서 옴팡한 바위에 부었다.

오소리는 황토 흙을 한 줌 파 왔다.

산토끼는 까마중 열매를 물고 왔다.

까마중 열매

꽃등에와 호랑나비는 꽃가루를 모아 왔다.

저마다 물감이 될 만한 것을 구해 왔다. 자리공 열매,
쥐꼬리망초 잎, 애기똥풀 줄기, 돌나물, 도라지 꽃, 물봉선 꽃잎, 물푸레나

자리공 열매

무 잔가지, 쑥, 진흙 가루, 귀룽나무 열매, 붉나
무…….

저마다 씹고 찧고 깨물고 밟고 으
깨고 섞어서 물감을 만들었다.

"먼저 산줄기를 그리는 거야."

왕사마귀가 앞발로 물감을 찍어 산줄기를 그렸다.

"골짜기로는 이렇게 물이 흐르지."

쥐꼬리망초 잎

능구렁이가 온몸으로 물길을 그렸다.

"여기는 깔딱고개."

청설모가 꼬리로 깔딱고개를 그렸다.

"여기는 선녀골."

돌나물

애기똥풀 줄기

모두 번갈아 가며 빈자리를 물감으로 채웠다.

달팽이산 꼭대기에 모자바위, 바
로 아래 도깨비골, 도깨비골로 넘
어가는 깔딱고개, 그 아래 첫내골,

도라지 꽃

쑥

이쪽 골짜기는 선녀골, 선녀골로 넘어가는 엄나무재, 동
쪽에 해맞이고개, 더 아래로 함지골, 옆으로 호미골, 다시 물오름재, 마당
바위, 잔별늪, 부들나루, 푸른머리 호수, 그리고 붉은 지붕…….

마지막으로 이름이가 별장을 그려 넣었다.

"마당바위 위에는 우리가 있어."

실베짱이가 바위 위에 동무들을 그려 넣었다.

모두 그림을 보면서 기뻐했다. 그림 속 달팽이산과 진짜 달팽이산을 번갈아 보았다.

"풀이랑 나무들한테도 보여 주자."

고라니가 달력 종이를 입에 물고 나무 사이를 뛰어다녔다.

"생강나무한테도 보여 주어야 해."

그런데 내려오면서 보니, 생강나무는 그사이 어디론가 가 버리고 없었다.

해가 호미골 뒤 산등성이로 내려앉고 있었다. 이제 풀이랑 나무들이 움직일 시간이다. 동물들이랑 이름이는 집으로 돌아갈 시간이다.

이름이가 종이를 들고 잔별늪 둑길을 걷고 있는데, 낯익은 나무가 휙 지나가면서 말을 걸었다.

"잘 놀았니?"

별장 울타리 옆에 사는 꾸지뽕나무였다.

"야, 어디 가? 나도 데려가!"

이름이가 얼른 소리쳤지만, 꾸지뽕나무는 벌써 사라지고 없었다.

'언젠가는 꼭 따라가 볼 거야.'

해가 지도록 놀았더니, 배가 꼬르륵거렸다.

3. 춤추는 물고기

다음 날, 저물녘에 별장으로 차가 한 대 들어왔다.

차 소리를 듣고 이름이 아버지는 얼른 별장 뜰을 둘러보았다. 다른 나무들은 제자리에 다 있는데, 향나무만 어디론가 놀러 나가고 없었다.

"이, 이름아, 저기 향나무 좀 찾아봐라."

"내가 어떻게?"

"다른 나무한테 좀 물어봐. 어, 어떻게든 데려다 놔."

아버지는 서둘러 문밖으로 나가서 주인을 맞았다.

"사장님, 오신다고 연락도 안 하시고요."

"그렇게 됐어. 잘 있었소? 장관님하고 함께 오려고 했는데, 일이 바빠 시간을 낼 수 없다고 해서 하는 수 없이 나랑 검정이만 왔지."

차 뒷문을 열자 검정이가 내렸다. 검정이는 장관님네 개다. 덩치가 크고 털이 까맣다. 털 빛깔이 검으니까 혓바닥은 더 붉이 보인다.

이름이는 얼른 별장 뒤뜰로 갔다. 숲으로 나가는 뒷문이 열려 있었다. 아무 나무한테나 물었다.

"앞뜰 향나무 못 봤어? 누가 빨리 좀 찾아봐."

"왜 그러는데?"

"주인아저씨가 왔어, 장관님 남편."

"걔가 어디로 갔는지 알아야 찾지. 안 되겠다, 내가 그 자리에 가 있을게."

측백나무가 쏜살같이 앞뜰로 달려가면서 말했다.

"어, 야, 들키면 어쩌려고!"

이름이가 말리면서 뒤따랐다. 앞뜰로 나오자 측백
나무가 아무 일도 없다는 듯이 향나무 자리에 시치미를
떼고 서 있었다. 마침 대문으로 검정이가 들어섰다.

"안녕, 왔어?"

주인아저씨도 들어섰다.

"안녕하세요?"

아버지는 짐을 들고 들어오다가 향나무 자리를 힐끔 보더니 얼굴이 굳

측백나무

030

어졌다.

"오냐, 잘 있었니? 그새 키가 더 컸네."

아저씨는 고개를 돌려 뜰을 한 바퀴 살펴보았다. 다행히 측백나무를 별다르게 보지 않았다.

"안으로 드, 들어가시지요."

아버지가 더듬거리면서 말했다.

"아니야, 나는 곧장 부들나루로 가서 낚시를 할 생각이오. 밤낚시를 할 거니까 그리 알아요."

"예, 이부자리 봐 놓겠습니다."

"그런데 이름아, 이름이 맞지? 하하, 아무도 네 이름은 안 까먹을 거다. 너, 요새도 학교 안 다니니?"

"예."

"이봐, 남 씨, 애 학교는 보내야지."

"……."

"이름아, 너 학교 안 가고 싶어?"

"예."

"남 씨, 내 말 잘 들어요. 초등학교는 의무 교육이야. 부모가 되었으면 애 초등학교는 보내야 해."

"……."

"학교가 멀어서 그러나? 그러면 애 엄마를 찾아서 맡겨요."

"우리 엄마 어디 사는지 몰라요."

이름이가 아버지 대신 말했다.

"그러면 내가 장관님한테 말해 볼 테니까, 우리 집으로 가자. 거기서 학교 다니자."

"싫어요."

"안 됩니다."

이름이랑 아버지가 거의 같이 말했다.

"참나, 얘는 어려서 그렇다 치고, 남 씨는 왜 그래요? 아이 앞날은 생각 안 해요? 초등학교도 안 나오고 어떻게 세상을 살라고 그래?"

"너무 많이 배우면 사, 사람이 때가 잘 묻어서 못써요."

아버지가 말했다.

"뭐요? 때가 잘 묻어? 얘가 빨래요? 아 또, 때가 묻으면 빨면 되지!"

"사람은 빨래랑 다르잖아요."

"이거 원, 남 씨랑 이야기하다 보면 나도 내가 무슨 말을 하는지 모르겠다니까. 그리고 유치원 겨우 마치고 초등학교 가는 것이 많이 배우는 거요? 하핫, 참."

"여기서도 배울 것은 많아요."

"거 정말 딱한 사람이네. 아무튼 더 늦기 전에 다시 생각해요. 또래 아이들은 자꾸 학년이 올라가는데, 마음이 급하지도 않아요?"

"……."

아저씨는 낚시 가방을 챙겨서 검정이와 부들나루로 가 버렸다.

한참 있다가 아버지가 이름이한테 물었다.

"너는 마음이 급하니?"

"아니."

"나도 그래."

"그런데 아부지는 빨래하기 싫어서 나를 학교에 안 보낸 거야?"

"그건 아니야."

"장관님 아들은 다른 나라에서 학교 다니지? 똑똑해?"

"본 적은 없지만 똑똑할 거야. 그러니까 외국까지 배우러 갔겠지."

"뭘 배우러?"

"뭐든."

"다 배워?"

"어, 아마……. 그런데 보리수나무랑 어떻게 말하는지, 사향노루랑 어떻게 사귀는지, 새알은 어떻게 다루는지 그런 것은 안 배우지. 못 배워."

"그건 내가 선생님이야."

"그래. 그런데 왜 측백나무가 저기 서 있어? 내가 향나무 찾아오라고 했는데."

"급한데 향나무를 어떻게 찾아? 마침 측백나무가 도와준 거야. 아부지는 측백나무한테 고맙다고 해야 해."

아버지가 측백나무한테 다가갔다.

"고마워. 이제 가도 돼. 그리고 향나무더러 얼른 돌아오라고,

나무들한테 말 좀 옮겨."

"알았어."

측백나무가 뒤뜰로 휙 사라졌다. 나무들끼리 시로 말을 옮기면, 곧 달팽이산 골짜기마다 말이 퍼지고, 어딘가에 있을 향나무도 자기가 돌아와야 한다는 것을 알게 될 것이다.

한편, 검정이와 아저씨는 막 부들나루에 닿았다. 둘이 밤낚시를 하러 온다는 소식은 둘보다 한참 먼저 나루터에 닿아 있었다. 나무들은 산들바람이 움직이는 것만큼 빠르게 말을 옮길 수 있다.

"저기 온다."

나루터 옆 호랑버들이 황소개구리한테 말했다. 황소개구리는 황소 소리로 물속 동무들한테 낚시꾼이 왔다고 알렸다.

"개구리 소리 참 요란하구나. 여기가 좋겠어."

아저씨는 나루터 옆에 자리를 잡고 낚시 가방을 열었다. 검정이는 그 옆에 엉덩이를 땅에 붙이고 앉았다. 가까이에서 풀벌레 소리, 멀리서는 산새 소리가 들렸다. 이따금 고라니 소리도 들렸다. 물에서는 황소개구리가 가락을 맞추어 노래했다.

"밤낚시, 밤낚시, 쓰레기를 치우자."

"좀 조용히 햇!"

검정이가 소리쳤다.

"검정아, 왜 그래? 낚시할 때는 떠들지 말고 가만히 있어."

검정이 짖는 소리에 아저씨가 말했다. 그러면서 낚싯줄

을 물에 던져 넣었다. 물 위에 뜬 찌가 샛노랗게 빛을 냈다.

물속에서는 낚싯바늘 둘레로 고기들이 모여들었다.

"무엇부터 내보낼까?"

꺽지가 꼬리로 낚싯줄을 탁탁 건드리면서 말했다.

"요건 어때?"

"그건 너무 커."

"그럼 이거는?"

"저게 좋겠어."

피라미랑 갈겨니랑 쏘가리랑 빠가사리가
속닥거렸다. 물 밖에서는 검정이와 아저씨가
흔들리는 찌를 보고 있었다.

피라미

갈겨니

"고기가 벌써 입질을 하네."

아저씨는 낚싯대를 붙들고 잡아챌 준비를 했다. 바로 그때 찌가 위로 솟
구쳤다.

쏘가리

"물었어!"

낚싯대를 잡아챘다. 낚싯줄이 팽팽했다. 그런데 다 끌어내고 보니, 낚싯
바늘에 물이 가득 든 비닐 과자 봉지가 걸려 있었다.

"놓쳤네. 검정아, 너도 찌가 흔들리는 거 봤지?"

아저씨는 서둘러 낚싯바늘에 미끼를 달아 다시 물속으로 던졌다. 꺽지가 물 위로 솟구쳐 올라 첨벙, 물너울을 일으켰다.

"저 봐, 고기가 있어. 크다!"

그러면서 아저씨는 찌를 노려보았다. 검정이도 엉덩이를 땅에 붙인 채 앞발을 꼿꼿이 세우고 찌를 노려보았다.

"자, 이번엔 뭐로 하지?"

"이걸 내보내자."

고기들은 낚싯바늘 둘레에서 다시 뜻을 모았다.

이윽고 찌가 물 위에서 까딱거렸다.

"또 신호가 왔어."

아저씨는 낚싯대를 단단히 잡았다. 때맞춰 찌가 위로 솟구쳤다.

"잡았어!"

낚싯줄이 끊어질 것처럼 팽팽했다. 그런데 끌어내고 보니 이번에는 쭈그러진 맥주 깡통이었다. 알루미늄 깡통 따는 고리에 낚싯바늘이 곱게 걸려 있었다.

검정이는 숲 쪽으로 고개를 살짝 돌렸다. 쓰레기를 하나씩 건질 때마다 풀벌레들이 깔깔대는 소리가 들렸다. 풀이랑 나무들이 킥킥거리는 소리도 들렸다.

"검정아, 너는 거기서 뭐하니? 숲에 들어가서 동무들이나 만나 봐."

나무가 속삭였다.

"잘 들어 봐, 저기 너를 부르는 소리."

풀벌레가 속삭였다.

"안 돼! 나는 주인님 옆에 있어야 해."

검정이가 소리를 질렀다. 산 위로 달이 예쁘게 웃으면서 떠올랐다.

아저씨는 다시 낚싯대를 드리웠다. 이번에는 쏘가리가 물 위로 튀어 올라 첨벙, 물너울을 일으켰다. 아저씨는 얼른 낚싯대를 거두어서 낚싯바늘을 큰 것으로 바꿔 달았다.

"잡고 말겠어!"

낚싯대를 물에 드리우자마자 기다렸다는 듯이 찌가 까딱거렸다. 낚싯대를 잡은 손이 파르르 떨렸다. 곧이어 찌가 솟구치자, 잽싸게 잡아챘다.

"크다, 크다!"

낚싯대가 활처럼 휘청휘청 구부러졌다. 하지만 힘들게 끌어내고 보니 이번에는 장화였다. 목이 아주 긴 고무장화였다. 신으면 허벅지까지 들어갈 만큼 컸다.

검정이는 다시 숲 쪽으로 고개를 돌렸다.

"이리 와, 이리 와아."

숲에서 누가 자꾸 부르는 것 같았다.

"미끼를 바꿔 봐야겠어."

아저씨는 이제 제정신이 아니었다. 피라미랑 갈겨니가 함께 물 위로 튀어 올라 작은 물너울을 일으켰다. 뒤이어 꺽지가 튀어 올라 풍덩, 물소리를 냈다. 뒤따라 쏘가리가 첨벙, 물소리를 냈다. 곧이어 또 다른 물고기가 튀어 올랐다. 여기저기서 물고기들이 물 위로 튀어 올랐다가 첨벙거리며 물너울을 만들었다. 둘레가 온통 물고기 첨벙대는 소리로 시끄러웠다.

"이, 이거 뭔가 잘못되었어. 검정아, 이 고기들이 이상해!"

아저씨가 검정이 쪽을 돌아보았다. 그런데 검정이가 없었다.

"검정아, 검정아!"

아저씨는 겁이 덜컥 났다.

부연 달빛 아래, 물 위로 물고기들이 쉴 새 없이
튀어 올라 신 나게 춤을 추었다.

4. 호랑이굴

밤중에 검정이가 없어졌다는 말에 이름이 아버지는 조금 놀랐다. 낚시 갔던 주인아저씨가 낚시 가방도 안 챙기고 부들나루에서 달려왔던 것이다. 아저씨는 이름이 아버지더러 검정이를 찾아보게 하고, 허둥지둥 차를 몰고 별장을 떠나 버렸다.

"사장님이 많이 놀란 모양이네. 이름아, 검정이 좀 찾아보자."

"지금?"

"사나운 짐승이 해치면 어떡하니."

"알았어. 내가 그러지 말라고 해 놓을게."

이름이는 잠이 덜 깬 눈으로 뒤뜰로 갔다. 아버지는 서둘러 부들나루로 갔다. 이름이가 울타리 너머 쥐똥나무에게 말했다.

"너는 어디 놀러 안 다니니? 검정이가 없어졌어. 좀 찾아봐 줘."

"안 돼. 놀러 갔다가 이제 막 돌아왔어."

"그럼 다른 나무한테 말 좀 옮겨 줘."

자주달개비

동물 동무들한테도 알려야 하는데, 한밤이라 아무도 안 보였다. 마침 자주달개비 풀떨기 사이로 반딧불이가 빛을 내고 있었다.

반딧불이

040

"개똥아, 검정이가 없어졌어. 검정이를 해치지 말라고 네가 날아다니면서 말 좀 해 줘."

"나는 짝 찾으러 다녀야 하는데."

"짝 찾으러 다니면서 알리면 되잖아. 숲 속 사나운 동무들이 얼른 알아야 해."

그래 놓고 이름이는 방으로 들어와 잤다.

아침에 눈을 뜨니 그때까지 검정이가 안 돌아와 있었다.

"아부지, 검정이 못 찾았어?"

"어, 부들나루에 가서 낚싯대만 걷어 왔어. 온 숲에 알려 놨으니까 괜찮을 거야."

"이상하네. 검정이가 왜 혼자 숲으로 들어갔지?"

"엊저녁에 긴 늪에 사는 물고기들이 사장님을 놀린 모양이야."

"어떻게?"

"소금쟁이 말로는 낚싯바늘에 장화를 달아 놓고 물 위로 튀어 올라 춤을 추었대. 숲 속 나무들은 검정이를 놀리고."

소금쟁이

"그럼 내가 숲에 들어가 볼게."

아침을 먹고, 이름이가 별장을 나섰다. 먼저 부들나루로 갔다. 잔별늪 둑길을 걷는데 풀숲에서 풀벌레들이 웃고 떠들다가 이름이가 지나가자 뚝 그쳤다.

"어젯밤에 너희도 검정이 놀렸어?"

"우, 우리는 그냥 재미삼아 그랬어."

"그래도 너무했어. 검정이가 아직도 안 돌아왔잖아."

"그래? 그럼 함지골로 가 봐. 그리로 갔어."

함지골로 들어서며 싸리나무한테 물었다.

"어젯밤에 너희도 검정이 놀렸어?"

"아직도 안 돌아왔어? 우리는 장난으로 그런 건데."

"장난이 심했어."

"어쩌나. 선녀골로 가 봐. 그리로 갔어."

엄나무재를 돌아 선녀골로 올라갔다. 더웠다. 해가 선녀골에 먼저 와 있었다. 땀이 나서 옷이 등에 척척 들러붙었다. 그늘로 들어서며 상수리나무한테 물었다.

"혹시 검정이 못 봤니?"

"아, 아직 안 돌아왔어?"

"다들 너무 심했어."

"우리는 그냥 검정이랑 '길 찾기 놀이'를 한 건데……."

"어떻게?"

"우리가 양쪽으로 구불구불 늘어서서, 없던 길을 이리저리 만드는 거지. 검정이가 살짝 헤매도록."

"그건 길을 잃게 하는 놀이잖아! 그러니까 잃어버리지."

"미안. 첫내골로 가 봐. 그리로 갔어. 걱정하지 마, 아무 일도 없을 거야."

선녀골에서 돌아 나와, 땀을

싸리나무

뻘뻘 흘리며 첫내골로 올라갔다. 칡덩굴이 얽힌 비탈길을 오르다가 고라니를 만났다.

"검정이 못 봤니?"

"검정이 왔어?"

"어제저녁에 왔어. 그런데 나무들이 장난을 쳐서 숲에서 길을 잃은 모양이야."

"그랬구나. 나는 몰랐네."

이름이가 칡덩굴에게 물었다.

"너희는 아는 거 없니?"

"우리는 안 돌아다녀서 몰라."

고라니와 함께 첫내골 들머리에 닿았다. 오래된 소나무들이 높다랗게 해를 가리며 서 있었다. 바닥에는 마른 솔잎이 쌓여서 이불 위를 걷는 것처럼 푹신했다. 고라니가 아름드리 소나무에게 물었다.

"지난밤에 혹시 검정이를 따라다니면서 놀리지 않았어요?"

"그건 어린나무들이나 하는 일이지. 우리는 옮겨 다니지 않아."

"보지도 못했어요?"

"이리로 지나가긴 했는데, 돌아오는 것은 못 봤어."

그때 소나무 가지에서 부엉이가 잠꼬대 처럼 말했다.

"아, 잠 좀 자자. 저 위 골짜기 물어봐한테

가서 물어봐."

"알았어. 너한테는 지금이 밤이구나."

"아니, 나한테도 지금은 낮이

야. 그저 일을 밤에……"

부엉이

부엉이는 말을 채 못 끝내고 잠이 들었다. 마른 솔잎을 살금살금 밟으며 소나무 숲을 나왔다. 숲을 벗어나자 해가 머리 위에서 기다리고 있었다.

"오늘 정말 더워."

이마에서 또 땀이 흘렀다. 먼저 흐른 땀은 말라서 소금 가루처럼 끈적거렸다. 고라니가 이름이 이마를 혓바닥으로 핥아 보더니 말했다.

"으, 짜. 소금, 소금."

산철쭉 밭에 닿았다. 나무 아래로 물소리가 들렸다. 묻기도 전에 산철쭉이 먼저 말했다.

"우리는 그저 몸을 비켜 준 것밖에 없어. 검정이가 하도 급하게 물을 찾기에 길을 터 주었지."

"물 먹고는 어느 쪽으로 갔어?"

"깔딱고개 쪽으로."

이름이와 고라니는 산철쭉을 비집고 들어가 물을 마셨다. 여기 첫내골에서 시작한 개울물은 골짜기를 따라 내려가다가 선녀골에서 내려온 물을 만나, 함지골을 지나고 마침내 잔별늪으로 흘러든다.

"어떻게 여기까지 왔지? 검정이가 뭐에 홀렸나 봐. 혹시 도깨비?"

이름이가 입가에 묻은 물을 손등으로 훔치며 말하자 고라니가 뒤로 한 걸음 물러섰다.

"이름아, 나 이제 같이 안 갈래."

"왜? 도깨비가 무섭니?"

"아니, 깔딱고개 아래 바위 낭떠러지에 있는 호랑이굴."

"야, 호랑이는 없어."

"굴에 들어가 봤어?"

"들어가 본 적은 없지만, 이 산에 호랑이가 안 산 지는 오래됐잖아."

"그래도 안 갈래. 그 굴 가까이는 아무도 안 가."

"그래, 그럼. 여기까지 함께 와 줘서 고마워."

고라니는 왔던 길을 돌아내려 갔다. 이름이는 깔딱고개를 바라보며 올라갔다. 길옆에서 산마늘이 말했다.

"내가 함께 가 주고 싶은데, 오늘은 해가 너무 뜨거워."

정말 너무 뜨거웠다. 모두 그늘에서 쉬고 있는지, 오늘따라 동물 동무들도 안 보였다. 마침 느릅나무 위에 있던 자벌레가 함께 가겠다고 해서 왼쪽 어깨 위에 태웠다.

가파른 바윗길을 걸어 마침내 호랑이굴 앞에 닿았다. 굴 앞 널찍한 바위에 올라서자 발아래로 산자락이 한눈에 들어왔다. '검정아!' 하고 온 산이 울리도록 소리쳐 보려다가, 갓 태어난 어린 동물들이 놀랄까 봐 그만두었다. 부엉이처럼 잠을 자는 동물도 많을 것이다.

"가만! 검정이 소리가 들려."

어깨 위에서 자벌레가 말했다.

"어디? 어느 쪽?"

"굴 안에서 들렸어."

호랑이굴 안으로 조심조심 들어갔다. 바닥도 벽도 천장도 모두 우둘투둘한 바위였다. 바람이 서늘하게 느껴졌다. 호랑이가 뛰어나올 것 같았다. '검정아.' 하고 나지막이 불러 보려는데, 안에서 어떤 소리가 먼저 들려왔다.

"너는 이제부터 호랑이다."

"아이, 저는 개라니까요. 검정이."

"어허, 내가 호랑이라면 호랑이야!"

이름이가 벽에 붙어 서서 가만히 살펴보니 검정이가 어떤 할아버지랑 마주 앉아 있었다.

"저 할아버지는 누구지?"

"몰라."

자벌레가 어깨너머 등 쪽으로 슬그머니 숨었다.

자벌레

할아버지는 흰머리, 흰 눈썹, 흰 수염에 하얀 옷을 입고 있었다. 옷을 얼마나 오래 안 빨아 입었는지, 때가 타서 누렇게 보였다. 머리도 얼마 동안 안 잘랐는지, 귀밑까지 마른풀처럼 치렁거렸다. 이름이가 살며시 다가서며 검정이를 불렀다.

"검정아."

"어, 이름아! 왜 이제야 왔어."

검정이가 이름이에게 뛰어와 안겼다. 바로 그때 할아버지가 굴 안이 쩌렁 울리도록 소리쳤다.

"네 이노옴! 너는 누구냐. 어디 감히 내 호랑이를 건드려!"

그 바람에 검정이가 도로 처음 자리로 돌아가 앉았다.

"할아버지는 누구신데요? 검정이는 호랑이가 아니에요."

"떼! 호랑이를 보고 검정이라는 네놈은 누구냐?"

"저는 이름이인데요. 저 아래 별장에 살아요. 검정이를 찾으러 왔어요."

"그럼 얼른 나가서 찾아보아라."

"쟤가 검정이라니까요."

"어허, 이놈이 그래도!"

할아버지가 눈을 부릅떴다. 눈썹이 하얀 깃털처럼 나풀거렸다. 이름이는 말이 더 안 나왔다. 검정이도 답답하다는 듯이 나직하게 말했다.

"아무리 말해도 안 먹혀. 아주 괴짜 할아버지야. 귀도 살짝 먹었어. 그런데 나도 좀 이상해. 할아버지 앞에서는 꼼짝을 못 하겠어."

"너는 뭐라고 중얼대는 거냐. 크게 말해야 알아먹지!"

할아버지가 검정이를 꾸짖었다. 그러더니 손짓으로 검정이를 불렀다. 검정이가 잽싸게 할아버지 옆에 가서 엎드렸다. 할아버지는 천천히 자리에서 일어나 검정이 등에 올라앉았다.

"가자."

검정이가 굴 밖으로 달려 나갔다.

"먼저 돌아가. 나는 틈을 봐서 돌아갈게."

이름이 옆을 지나면서 검정이가 재빨리 말했다.

"잠깐, 거기 서! 검정아! 할아버지!"

소리를 치면서 굴 밖으로 따라 나왔는데, 그사이에 어디로 사라졌는지 안 보였다.

"검정이가 사실은 호랑이 아니었을까? 나는 호랑이를 본 적이 없어서."

자벌레가 다시 어깨 위로 올라와서 말했다.

5. 비 오는 날

"그 산신령 같은 할아버지가 검정이를 호랑이 다루듯 한다는 말이지?"

이름이가 집으로 돌아와 할아버지 만난 일을 말하자, 아버지가 이렇게 물었다.

"응. 그러니까 아부지가 내일 호랑이굴에 가 봐."

"알았어. 참 별난 할아버지네. 남의 개를 어떻게 마음대로 그럴 수 있담. 사장님이 검정이 찾았는지 궁금해 하시는데."

"또 전화 오면, 찾기는 찾았는데 어떤 괴짜 할아버지가 검정이를 꼬여서 못되게 군다고 그래. 아부지보고 찾아서 데려오래?"

"아니, 데리고 있으래. 그리고 부들나루에 가서 밤낚시를 해 보래."

"그건 내가 할게. 나 쏘가리한테 물어볼 말 있어."

"무슨 말? 용궁?"

"응."

"용궁은 없다니깐."

"정말로 없는지 내가 알아본다니깐."

그런데 해질 무렵부터 하늘이 끄무레하더니 저녁밥을 먹고 나자 비가 부슬부슬 내렸다. 그다음 날은 비가 아주 굵게 내렸다. 바람도 세게 불었다. 아침을 먹자마자 아버지는 비옷을 차려입고 등산화를 신었다.

"나도 갈래."

"비 오는 데 그냥 있어. 내가 할아버지 만나 보고 검정이 데려올게."

아버지는 나무 지팡이를 땅에 끌면서 호랑이굴로 떠났다.

이름이는 아버지 고무신을 신고 우산을 썼다. 비 오는 날은 심심하다. 이런 날 도랑이나 풀숲으로 동무를 찾아가면 동무가 얼마나 좋아하는지 모른다. 고무신을 신고 우산 위에 떨어지는 빗소리를 들으며 마당을 철벅철벅 걷고 있는데 두꺼비가 마당으로 들어왔다.

"어, 내가 먼저 찾아가려고 했는데."

"뭐 해?"

"그냥 마당을 걸어 다니고 있었어."

"비가 너무 많이 내리네. 밤새 도랑물이 불었어."

"집이 물에 잠겼니?"

"아니, 아직 잠기지는 않았는데, 혹시 모르니까 오늘 밤에는 여기서 지내

야겠어."

"그렇게 해. 그럼 나 대신 집 좀 보고 있어."

이름이는 두꺼비한테 집을 맡기고 밖으로 나왔다. 빗줄기가 더 굵어졌다. 우산에 구멍이라도 뚫을 것처럼 사납게 떨어졌다. 조금 가다가 미꾸라지를 만났다. 커다란 미꾸라지가 길에 올라와, 고인 빗물에서 꼬불탕꼬불탕 헤엄치고 있었다.

"미꾸라지야, 길에 어떻게 올라왔어?"

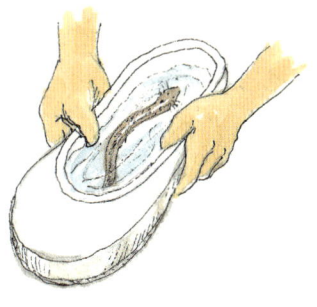

"빗줄기를 타고 하늘로 헤엄쳐 날다가 여기 떨어졌어. 다시 날아오르고 싶은데 잘 안되네."

"거짓말. 새가 너를 잡아가다가 너무 미끄러워서 떨어뜨렸니?"

"참말이야. 빗줄기 속을 헤엄쳤다니까."

"정말? 알았어, 내가 도랑으로 데려다 줄게."

이름이는 한쪽 고무신을 벗어 미꾸라지를 담아 들었다.

조금 걷다가 이번에는 지렁이를 만났다. 빗물에 몸이 불어서 미꾸라지처럼 통통했다.

"지렁아, 왜 여기 나와 있니?"

"비 때문에 땅속이 너무 질척해져서 숨을 쉴 수가 없어. 그래서 길 건너 저쪽 땅으로 가는 길이야."

"그럼 빨리 건너가야지, 그러다 두더지나 고슴도치라도 만나면 어쩌니?"

이름이는 지렁이를 풀잎으로 싸서 건너편 땅으로 옮겨 주었다.

"고마워."

"얼른 땅속으로 들어가. 개미 떼가 나타날지도 모르잖아."

지렁이는 몸을 꿈틀거리며 흙 속으로 파고들어 갔다. 지렁이한테서 눈을 돌리다가 우산나물 줄기에 붙어서 비를 피하고 있는 노린재를 보았다. 허리가 개미허리처럼 잘록한 노린재였다.

"노린재야, 너도 우산 쓰고 있니?

내가 더 큰 우산 씌워 줄까?"

우산나물과 노린재

"괜찮아. 비는 언제까지 온대?"

"몰라. 하늘이 아직도 많이 어두워. 어쩌면 개미들이 알지도 모르는데, 비가 오니까 모두 굴속에 있나 봐."

이름이는 우산 바깥으로 하늘을 올려다보았다. 어두컴컴한 하늘에서 빗줄기가 쉬지 않고 주룩주룩 쏟아졌다.

"나 언제까지 고무신 안에 있어야 해?"

"어, 미안. 빨리 데려다 줄게. 잔별늪까지 데려다 줄까?"

"그냥 도랑에 내려 줘."

얼른 도랑에 닿아 미꾸라지를 내려 주었다.

"너도 들어와."

마침 빗줄기가 조금 가늘어졌다. 우산을 내려놓고 고무신을 벗고 도랑으로 들어섰다. 보통 때 발목에서 찰랑거리던 도랑물이 장딴지 위에까지 올라왔다. 물살을 가르며 도랑을 거슬러 올라갔다가 뒤돌아 내려오면, 물살이 장딴지를 휘감아 당기며 줄줄이 먼저 내려갔다. 그렇게 휘청거리며 도랑을 오르내리다가, 이번에는 고무신을 배처럼 띄우며 놀았다. 고무신을 위쪽으로 던져 놓으면 물살이 고무신을 둥둥 떠메고 내려왔다.

잘못 던지면 고무신이 물속에 잠겨서 내려왔다. 처음에는 고무신을 바로 위쪽에 던지다가 갈수록 조금씩 멀리 던졌다. 놓칠 듯 말 듯, 고무신을 건져 내는 재미가 짜릿했다.

그렇게 조금 더 위쪽으로 신을 던졌을 때, 고무신이랑 함께 작은 새알이 둥둥 떠내려왔다.

"어, 새알이다!"

이름이는 얼른 새알을 건졌다. 그 바람에 고무신이 아래로 떠내려갔다.

"거기 서!"

이름이가 물살을 따라 내려갔지만, 고무신을 따라잡을 수 없었다. 이름이는 얼른 물 밖으로 나와 길을 따라 뛰었다. 하지만 길과 나란히 흐르던 도랑은 곧 길과 갈라져서 찔레 덤불 속으로 들어가 버렸다. 도랑물은 그렇게 찔레 덤불을 지나고 달뿌리 수풀을 지나서 잔별늪으로 흘러든다.

"잔별늪에 가서 찾아야겠어."

그러면서 손에 쥐고 있던 새알을 펴 보았다. 이제 보니 알껍데기가 얇고 말랑말랑한 것이 새알이 아니다.

"뱀 알인가? 자라 알?"

그때 하늘에서 왜가리가 말했다.

"야, 소금! 그 알 나 줘."

왜가리는 찔레 덤불 너머 묵은 논에 성큼 내려앉았다.

"이 알 내 거 아니야. 그런데 내가 왜 소금이야?"

"숲에 들어가 봐. 모두 그렇게 부르기로 했어, 새돌소금."

"돌소금? 그런 게 어디 있어! 내 이름을 너희 마음대로 지어 부르는 게 어디 있어! 누구야, 누가 처음에 그렇게 말했어?"

"어제 고라니가 네 이마를 핥았더니 짰다며. 새돌소금, 마음에 안 들어?"

이름이는 속으로 얼른 이름을 중얼거려 보았다.

새 돌소금, 새돌 소금, 새돌소 금.

"새돌이는 괜찮은데, 소금이 뭐야."

"새돌이는 까치가 붙였어. 까치가 바깥에 나갔다가 듣고 왔대."

"바깥 어디?"

"해맞이고개 너머 강 마을에."

"숲에 들어가 봐야겠어."

"왜? 따지려고?"

"나도 이제 내 마음대로 너희 이름을 지어 부를 거야. 개구리대장, 오늘은 개구리 몇 마리 먹었니?"

"작은 물고기 한 마리밖에 못 먹었어. 그 알 나 줘."

"그런 소리 마."

이름이는 왜가리 몰래 알을 도랑가 풀숲 모래 흙에 살짝 숨겨 주고 집으로 왔다. 신을 갈아 신고 숲으로 들어가 볼 생각이었다.

"두껍아, 이제부터 너는 우둘투둘 콩떡이야. 콩떡아, 아부지 아직 안 왔지?"

"응. 콩떡 마음에 들어. 그런데 전화기가 여섯 번이나 길게 울었어."

"검정이가 궁금해서 주인아저씨가 전화했을 거야."

새돌이는 우산 대신 비옷을 입었다. 모자가 달린 풀빛 비옷을 입고, 콩떡에게 다시 집을 맡기고, 뒤뜰 샛문으로 나왔다. 어느새 빗줄기가 골풀 줄기처럼 가늘어졌다. 함지골로 질러가는 졸 초등학교 오솔길로 들어서자 작은 바위틈에서 다람쥐가 내다보며 말했다.

"어, 새돌소금! 비 오는데 어디 가?"

"어, 오물오물 줄무늬! 비 오는데 뭐 해?"

다람쥐가 눈을 껌벅이더니 바위 아래 굴로 몸을 감추었다.

까마귀

'히히, 이제 내 기분 알겠지? 그런데 얘들이 정말로 마음을 하나로 모았나 보네.'

조금 더 가자 이번에는 까마귀가 참나무 위에서 내려다보며 말했다.

"새돌소금! 그렇게 입으니까 작은 나무가 걸어오는 것 같아."

"어, 말하는 숯덩이! 어쩌면 네 몸속에서 빨간 숯불이 타고 있을지도 몰라."

"야, 왜 그래? 새 이름이 마음에 안 들어?"

"처음에는 아주 별나고 엉뚱하게 들렸어."

"마음에 안 든다면 어쩔 수 없지, 뭐. 우리는 어떤가 싶어서 한 번씩 불러 봐 주기로 한 거야."

"그런데 자꾸 들으니까 조금씩 나아지고 있어. 좀 더 들어 봐야겠어."

까마귀와 헤어져 굽이진 산길을 돌았다. 산자락을 다 돌면 함지골에서 물소리가 먼저 들려온다. 이번에는 소리가 꽤 클 것 같았다. 골짜기 물은 비

가 내릴 때보다 비가 그친 다음에 더 많이 불어 난다고 아버지가 그랬다.

산모롱이를 돌고 있을 때, 멀리서 고라니가 달려왔다.

'고라니 너 잘 만났어.'

새돌이는 얼른 고라니 새 이름을 생각했다. 그사이에 고라니가 헐레벌떡 달려와서 말했다.

"소금아, 큰일 났어!"

"그, 그러니."

얼떨결에 지은 고라니 새 이름은 '그러니'다.

"뭐가 그러니야, 큰일 났다니까. 함지골에 커다 랗게 구멍이 뚫렸어. 첫내골이랑 선녀골에서 내 려온 물이 그 구멍으로 다 쏟아져 내리고 있어!"

"그럼 잔별늪으로는 한 방울도 안 흘러?"

"그렇다니까."

그러니를 앞세우고 얼른 함지골로 갔다. 숲에 사는 동무들이 다 모여 있었다. 정말로 땅에 커 다란 구멍이 뚫려서 골짜기 물이 그 구멍으로 모조리 쏟아져 들어갔다. 구멍 둘레에 서서 안 을 내려다보았지만, 물보라에 가려서 아무것도 보이지 않았다. 아주 깊은 곳으로 떨어지는 물 소리만 우렁우렁 울려 나왔다.

"이걸 어떻게 막지?"

"가재랑 작은 물고기들이 휩쓸려 떨어졌어."

"누가 내려가서 무슨 까닭인지 알아봐야 하잖아."

"저 아래를?"

숲 속 동무들이 모두 소금이를 보았다.

"나? 내가?"

아무도 아니라고 말하지 않았다.

"나도 저 아래가 궁금해. 그렇지만……."

"무서우면 내가 함께 가 줄게."

달팽이가 나섰다.

"나도 갈게."

등이 팥떡같이 도톨도톨한 옴개구리도 나섰다.

"저길 어떻게 내려가?"

"한나절만 기다려. 우리가 덩굴 사다리를 놓아 줄게."

조금 떨어진 언덕에서 칡덩굴과 노박덩굴이 말했다.

6. 땅 밑으로

새돌이가 물총새한테 말했다.

"집에 가서 우리 아부지한테 나 땅 밑에 잠깐 가 보고 온다고 말 좀 해 줘. 그리고 고무신 한 짝은 잔별늪으로 떠내려갔다고 그래."

"알았어. 집에 없으면?"

"두꺼비 콩떡한테 대신 말해 놔."

"콩떡? 나도 다른 이름이 있으면 좋겠어. 물총은 나하고 안 어울려."

"그래? 그러면 음, 풍덩새는 어때? 물고양이도 괜찮네. 고양이처럼 물고기를 좋아하잖아. 목소리도 둘이 살짝 닮았어."

"풍덩새로 할래."

그러자 다른 동무들도 덩달아 이름을 하나씩 얻고 싶어 했다.

"나는 황금이란 말이 싫어."

흰눈썹황금새가 말했다.

"그럼 그냥 흰눈썹노란새라고 해."

"나는 오소리라는 이름이 더없이 좋아. 그래도 하나 더 있으면 나쁠 거야 없지."

흰눈썹황금새

오소리가 말했다.

"꽃소리는 어때? 풀꽃들이랑 잘 지내잖아."

옆에 있던 너구리가 대신 이름을 지었다.

"꽃소리? 마음에 들어. 그런데 이리 좋은 이름을 내가 해도 돼?"

된다는 뜻으로 모두 오소리 새 이름을 한 번씩 불러 주었다.

무당개구리는 비단개구리라는 이름이 따로 있는데도 꽃개구리로 불러 달라며, 몸을 뒤집어 나리꽃같이 붉은 배를 내보였다. 독을 지닌 살무사는 머리세모몸통통이 라는 조금 긴 이름을 새로 얻었다.

무당개구리

살무사

"줄여서 몸통통이라고 부를게."

고라니가 몸통통이한테 말했다. 고라니는 이름을 다시 지어 주겠다는데도, 그러니가 마음에 든다며 그러니로 하겠다고 했다.

이렇게 서로 이름을 지어 주는 동안 칡덩굴과 노박덩굴은 부지런히 덩굴 사다리를 만들었다. 비는 실처럼 가늘게 끊어지지 않고 보슬보슬 내렸다. 모 자바위 아래 도깨비골에는 안개구름이 연기처럼 뿌옇게 피어올랐다.

그때, 검정이가 나타났다. 첫내골 쪽에서 헐레벌떡 달려 내려왔다.

"여기 다 모여 있네. 이름아, 큰일 났어. 골짜기 물이 불어나서 할아버지 가!"

"할아버지가 물에 떠내려갔니?"

산신령 할아버지가 물에 휩쓸려서 땅 밑으로 떠내려간 줄 알고 동무들 이 모두 깜짝 놀랐다.

"할아버지가 첫내골에서 낯 씻고 발 씻다가 고무신을 한 짝 잃어버렸어."

"에이, 난 또 뭐라고. 그거야 찾으면 되지. 아무리 멀리 떠내려가도 잔별 늪에 가면 있어."

말을 하다 보니 그게 아니었다. 할아버지 고무신은 잔별늪으로 떠내려가다가 이 물구멍에서 땅 밑으로 떨어져 버렸을 수도 있었다.

"이 구멍은 어쩌다 생겼어? 여기도 큰일이 났네. 그런데 할아버지가 더 큰일이야. 떼를 쓰면서 막 울고 있어."

검정이가 구멍 안을 내려다보면서 말했다.

"그깟 일로 울어?"

수달이 나서며 물었다.

"응, 신발을 찾아내라면서 아이처럼 울고 있어."

"소금아, 가 보자. 내가 한번 찾아볼게."

"그래, 어쩌면 돌 틈이나 나뭇가지에 걸려 있을 수도 있어."

검정이를 앞세우고 수달이랑 첫내골에 다녀오기로 했다. 달팽이 왼돌이가 함께 가겠다며 나서는 것을 겨우 말렸다.

"참, 검정아, 아부지 못 만났니? 호랑이굴에 안 갔어?"

"굴에 안 있어서 몰라. 밤새 지리산에 갔다가 아까 막 온걸, 뭐."

"지리산? 그렇게 먼 데를 하룻밤 만에 갔다 와?"

"그러게. 그런데 호랑이는 그쯤은 거뜬히 달려야 한대.

할아버지 때문에 내가 고단해 쓰러지겠어."

검정이가 울상을 지었다.

수달이 물었다.

"거기는 왜 갔는데?"

"할머니 만나러, 지리산 산신령 할머니."

"만났어?"

"응. 할머니는 더 무서워. 살살 말하는데도 산이 쩌렁쩌렁 울려."

그 말에 수달은 슬그머니 물로 들어갔다. 골짜기를 흐르는 물을 거슬러 오르며 고무신을 찾기 시작했다.

"할아버지가 진짜로 산신령일까? 그런데 나는 왜 별로 안 무섭지? 검정아, 산신령 할머니는 어떻게 생겼어?"

"할아버지랑 별로 안 달라. 머리가 하얗고 눈썹도 하얗고. 아, 수염은 없었구나. 그리고 하얀 저고리에 검정 치마를 입었어. 처음부터 검정이었는지 오래 입어서 까매졌는지, 그건 잘 모르겠어."

"한번 보고 싶다."

"할머니를? 여기 한번 오겠다고 했어. 이번에 할아버지가 갔으니까 다음번에는 할머니가 오겠대."

수달은 부지런히 헤엄치며 물속을 샅샅이 뒤졌다. 아무래도 고무신이 멀리까지 떠내려가 버린 모양이었다.

"검정아, 나 이름 새로 하나 생겼어. 새돌소금."

"소금?"

"응, 숲 속 동무들이 지어 주었어. 그런데 자꾸 소금이라고 불러, 나는 새돌이가 좋은데."

"알았어, 소금아, 나는 새돌이라고 불러 줄게."

"너도 지금 소금이라고 그랬어."

"아, 미안. 그런데 우리 주인아저씨 빨리 왔으면 좋겠어. 서울 가고 싶어. 할아버지가 서울까지 찾아오지는 않겠지?"

"아저씨가 아부지한테 전화해서 너를 찾아 놓으라고 했대. 아부지가 할아버지를 이길 수 있을까?"

마침내 첫내골에 이르렀다. 버섯다리 앞에서 할아버지가 우이우이 울고 있었다. 쓰러진 나무 등걸에 앉아 울다가, 벌겋게 된 눈으로 새돌이를 보았다.

"네 녀석은 또 왜 왔어?"

"할아버지가 고무신을 잃어버렸다고 해서요."

"찾았냐?"

"수달이 물속을 뒤져 봤는데요, 못 찾았어요."

"떽! 물에 빠졌는데 왜 물에 없어? 냉큼 다시 찾아봐. 얼른 찾아내!"

할아버지가 큰소리를 쳤다. 수달은 물에서 머리만 내놓고 있다가 재빨리 물속으로 숨었다.

"알겠어요. 그런데 신이 잔별늪까지 떠내려갔나 봐요. 어쩌면 함지골 물구멍으로 떨어졌는지도 몰라요."

"그럼 거기 가서 찾아야지! 저 수달 녀석은 저기서 뭐하는 거냐!"

"자꾸 성내지 마세요. 별로 안 무서워요. 저도 고무신을 잃어버렸는데 아무한테도 성내지 않았어요."

"뭣이?"

"집에 고무신이 한 짝만 남아 있다고요."

"고무신을 왜 네 녀석 집에 가져다 놔?"

"할아버지 고무신 아니에요."

"이 고얀 녀석! 당장 가져오지 못해?"

그때 검정이가 나섰다.

"할아버지가 또 귀가 잘 안 들리나 봐. 고함을 치고 나면 귀가 먹먹해지는 모양이야."

"그러지 말고 아부지 고무신 한 짝을 가져다 드릴까?"

"아저씨가 찾으면?"

"할아버지한테 잠깐 빌려 드렸다고 하지 뭐. 그래야겠다. 네가 달려가서 물고 와."

"좋아, 내가 얼마나 빨리 달리는지 보여 줄게."

검정이가 말을 마치자마자 수풀 사이로 사라졌다. 검은 보자기가 휘익 지나가는 것 같았다.

"할아버지, 있잖아요, 제가 땅 밑에 가 보려고 하는데요, 검정이 좀 데려가면 안 돼요?"

"누구?"

"검정이요! 제가 함지골 물구멍으로 땅 밑에 내려가 보려고요."

"알았어. 근데 내 호랑이는 어디 갔느냐?"

"고무신 가지러 갔잖아요. 할아버지! 검정이 아니, 호랑이 데리고 땅 밑에 갔다 와도 된다고 그랬지요?"

"이런 엉뚱한 녀석을 봤나? 누구 맘대로 호랑이를 데려가!"

"된다고 했잖아요."

"예끼, 고얀 녀석! 그런 소리 하려거든 가. 신이나 찾아 놓고, 다시는 오지 마!"

그러는 사이에 벌써 검정이가 돌아왔다. 정말 호랑이처럼 날쌔게 다녀왔다.

"할아버지, 여기 신발 가져왔어요."

검정이가 고무신을 할아버지 앞에 내려놓았다. 그런데 둘 다 왼쪽 고무신이어서 짝이 안 맞았다. 빛깔도 안 맞았다. 아버지 고무신이 할아버지 고무신보다 훨씬 하얗고 깨끗했다. 할아버지 고무신은 오래되고 고무가 삭아서 잿빛이 비쳤다.

"옳거니, 내 고무신이구나. 딱 맞네."

할아버지는 왼쪽 고무신 두 짝을 한 발에 한 짝씩 신고, 나무 등걸에서 일어나 검정이 등으로 옮겨 앉았다. 그러고는 새돌이한테 가까이 오라고 손짓을 했다.

"땅 밑에 간다고 했느냐?"

"예."

"거기 가면 물귀신 영감 조심해."

"예?"

"이거 가져가."

그러면서 머리카락 한 올과 눈썹 두 가닥을 힘들게 골라잡고 뽑았다.

"머리카락하고 눈썹은 저도 있어요."

"떽! 어른이 주면 냉큼 받아야지! 이게 네 머리카락하고 같으냐?"

새돌이가 머리카락과 눈썹을 받았다. 받자마자 할아버지는 검정이와 함께 어디론가 사라져 버렸다.

"이걸 어떻게 가지고 간담."

새돌이가 혼잣말로 중얼거리자, 뒤에서 물오리나무가 말했다.

"내 잎으로 싸면 되지."

"고마워."

물오리나무한테 잎을 하나 얻었다. 잎에 머리카락이랑 눈썹을 곱게 싸서 바지 호주머니에 넣었다.

함지골로 돌아오자 그사이 물구멍 아래로 덩굴 사다리가 길게 늘어져 있었다. 달팽이는 벌써 사다리를 타고 내려가고 있었다. 옴개구리도 뒤를 따랐다.

"비옷은 안 입는 게 낫겠지? 갔다 올게."

"잔별늪이 다 마르기 전에 돌아와야 해. 무슨 까닭인지 꼭 알아 와."

동무들이 지켜보면서 말했다.

쏟아지는 물이랑 나란히 아래로 내려갔다. 물보라 때문에 발아래가 안 보였다. 물방울에 옷이 금세 다 젖었다. 물소리가 자꾸만 커졌다. 옴개구리는 잘도 내려갔다.

"야, 팥떡! 뭐가 보여?"

"안 보여. 덩굴 사다리도 이제 끝이야. 이러지 말고 그냥 뛰
어내리자. 야, 왼돌이! 헤엄칠 수 있어?"

"물에 가라앉지는 않아."

달팽이가 말했다.

"그럼 뛰어들자. 준비됐지?

하나아, 두울, 셋!"

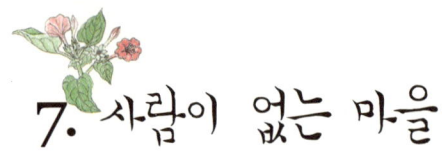

7. 사람이 없는 마을

눈을 뜨니 어느 강가 모래밭에 누워 있었다.

물구멍이 얼마나 깊은지 알 수 없어서 지붕에서 뛰어내리듯이 발을 먼저 내렸는데, 어찌나 한참 떨어지던지 몸이 거꾸로 돌고 옆으로 돌고 그렇게 몇 바퀴를 돌고 나서 물 위로 떨어졌다. 그때까지도 정신이 있었다. 그

런데 물속으로 어찌나 깊이 빨려 내려가던지, 위로 올라가려고 발버둥을 치다가 코로 입으로 물을 몇 모금이나 들이켜고 끝내 숨이 막혀 기절해 버렸다. 마지막 몸부림을 하면서 눈을 부릅뜨고 살펴보니 밑에서 무엇인가 팔과 다리를 휘감아 자꾸 아래로 끌어당기고 있었다.

"소금아, 정신이 드니? 팥떡이 너를 겨우 끌어냈어."

달팽이 왼돌이가 말했다.

"팥떡아, 고마워. 으, 우리가 얼마나 떠내려온 거지? 머리카락 같은 물풀이 몸을 막 휘감았어."

"물풀 같은 머리카락인지도 몰라."

옴개구리 팥떡이 강물을 바라보며 말했다. 그런데 팥떡 몸이 새돌이만큼 커져 있었다. 가만 보니 왼돌이도 새돌이만큼 커 보였다.

"어떻게 된 거지? 둘 다 왜 이렇게 커졌어?"

"우리가? 나는 그대로야. 내가 보기에는 너랑 팥떡이 나만큼 작아졌어."

왼돌이가 말했다.

"내 눈에는 너희 둘이 나만 해졌는데? 소금이는 나만큼 작아지고 왼돌이는 나만큼 커지고."

팥떡이 눈을 껌벅이며 말했다. 둘러보니 보이는 것은 모래와 강물뿐이었다. 강물 속에도 모래뿐이었다. 물빛이 깨끗해서 바닥까지 훤히 보였다. 등 뒤 모래밭 끝에는 바위 벼랑이 높다랗게 버티고 있었다.

"이젠 어떡하지? 강을 건너야 할까?"

"모두 내 등에 올라타."

팥떡이 우둘투둘 넓적한 등을 보이며 말했다. 왼돌이가 올라탔다. 새돌이는 스스로 헤엄치기로 했다.

"물 밑을 조심해."

강 가운데로 헤엄쳐 가자 물빛이 조금씩 검어졌다. 물살도 세졌다. 부지런히 헤엄을 치는데도 앞으로는 얼마 나아가지 못하고 자꾸 아래로 떠밀려 내려갔다. 물 밑에는 머리카락 같은 물풀이 물살 따라 하늘거리고 있었다.

"팥떡아, 괜찮아?"

새돌이는 팔과 다리에서 힘이 조금씩 빠졌다. 밑으로 조금만 더 가라앉으면 발목에 물풀이 휘감길 것 같았다.

"힘들면 내 등에 올라타."

하지만 팥떡도 슬슬 지치는 모양이었다. 뒷다리를 처음처럼 힘차게 쭉쭉 뻗지 못했다. 강을 반도 채 못 건넜는데 자꾸 아래로 떠내려갔다.

"이러다 물에 가라앉고 말겠어."

왼돌이가 말했다. 그러나 돌아가기도 벌써 늦었다. 강 가운데서 이러지도 저러지도 못하고 푸우푸우 허우적거리며 자꾸 떠내려갔다. 이젠 떠 있기도 힘들었다. 그때였다.

"배다!"

희고 큰 배가 아래쪽에 둥둥 떠 가고 있었다. 팥떡이 먼저 헤엄쳐 가서 왼돌이와 함께 배에 올랐다. 새돌이도 뒤따라가서 올랐다. 타고 보니 배는 커다란 고무신이었다.

"이거 산신령 할아버지 고무신인가 봐. 세상에, 고무신이 배처럼 커졌어."

"그러고 있지 말고 어떻게 좀 해 봐! 배가 자꾸 떠내려가잖아."

왼돌이가 소리쳤다.

"삿대가 있어야 젓지."

"발로라도 저어. 팔떡은 이쪽, 새돌이는 저쪽!"

왼돌이가 선장처럼 말했다.

　손으로 발로 부지런히 배를 저었다. 왼돌이가 뱃머리에서 길잡이 노릇을 했다. 마침내 건너편 강가에 닿았다. 하얀 모래 언덕 너머로 짙푸른 풀밭 언덕이 여러 굽이 펼쳐졌다. 커다란 배추벌레 여러 마리가 포개고 있는 꼴이었다. 배를 모래밭에 끌어올려 놓고 언덕으로 올랐다. 풀밭인 줄 알았는데 올라 보니 보리밭이었다. 파란 보리 이삭이 막 패고 있었다. 어린 이삭에 달린 수염이 붓털처럼 보드라웠다.

　"달팽이산은 여름인데 여기는 아직 봄인가 봐."

　조금 더 올라가자 고구마밭이 나왔다. 그런데 밭 끄트머리에서 수탉이 발로 흙을 파헤치며 고구마를 캐고 있었다.

"어이, 밭 임자가 누구야?"

"내가 가꾸는 밭인데, 왜?"

새돌이가 묻자 수탉이 날개로 땀을 훔치며 말했다.

"마을이 어디 있나 싶어서."

"마을은 언덕 너머에 있어. 너희는 어디서 왔는데?"

"우리는 저 위에서 왔어. 강을 건너왔지."

왼돌이가 더듬이로 머리 위와 강을 가리켰다. 수탉은 못 믿겠다는 듯이

고개를 갸웃거리며 왼돌이와 새돌이와 팥떡을 번갈아 훑어보았다.

"뭐하러 왔는데?"

"물구멍 때문에. 물이 이 아래로 다 흘러내려."

"그럼 물꼬대왕을 만나야겠네."

"물꼬대왕이 어디 있는데?"

"그건 마을지기한테 가서 물어보렴."

"고마워. 근데 여기는 봄이니 가을이니? 고구마는 가을에 캐는 거잖아."

"여기서는 그렇게 안 따져. 심는 대로 철이 바뀌지. 고구마를 심으면 그냥 가을이 찾아와."

"저 아래 밭에는 보리 이삭이 패고 있던데?"

"거기는 보리를 심었으니까 겨울 지나고 봄이 온 거지. 고구마 다 캐고 나면 이 밭에 수박을 심을 거야. 그러면 여름이 와. 고구마 하나 먹을래?"

수탉이 고구마 하나를 가슴 깃털로 슥슥 닦아서 새돌이한테 내밀었다. 고구마가 장딴지만 했다.

"고마워."

팥떡한테도 갈쭉한 것을 하나 내밀었다. 팥떡은 고구마를 받아 반으로 분질러 한쪽을 왼돌이에게 주었다. 고구마를 한 입 베어서 우적우적 씹자 달큼한 물이 입안에 잘착하게 고였다. 단술에 든 밥알을 씹는 맛이었다. 팥떡은 고구마를 도톨도톨한 제 등에 문질러서 하얀 물을 핥아 먹었다. 왼돌이는 파릇한 물풀 맛이 난다며 사각사각 갉아먹었다.

언덕을 세 굽이 넘자 작은 마을이 보였다. 오목한 골짜기에 다듬잇돌 모양 지붕이 사이좋게 모여 있었다. 마을 뒤편으로 높다란 산이 점잖게 앉아 있는데, 달팽이산을 얼핏 닮았다. 마을 첫 번째 집에 이르자 집 안에서 어린 염소가 완두콩 콩깍지를 씹으며 내다보았다.

"마을지기 집이 어디니?"

"골목 끝 집. 완두콩 좀 먹을래?"

"조금 전에 고구마 먹었어."

말을 듣고도 염소는 집 안으로 달려가서 완두콩 소쿠리를 들고 왔다. 어쩔 수 없이 완두콩을 세 알 집었다. 완두콩 한 알이 아기 주먹만 했다. 아직 덜 익어 파릇해서 날로 먹기 괜찮았다. 꼭꼭 씹으니까 고소한 콩물 맛

이 났다. 팥떡은 어린 메뚜기 맛이 난다고 했다. 왼돌이는 물이끼 맛이 난
다고 했다.

골목으로 들어가자 다음 집에서 조랑말
부부가 옥수숫대를 분질러 차곡차곡 쌓
고 있다가 반갑게 달려나왔다.

"마을지기 집을 찾아가는 중이야."

"아, 저기 저 끝 집이야. 이
옥수수 좀 먹어 봐."

옥수수 알이 공룡 이빨만 했
다. 한입에 못 먹어서 베어 먹었다.
뒷맛이 건빵 맛이었다.

그다음 집에는 거위와 오리가 마당 웅덩이에서 멱을 감고 있었다. 물에
서 뛰어나와 먹을 것을 건넬까 봐 가만가만 지나갔다.

다음 집에서는 황소가 놀러 온 생쥐랑 이야기를 나누고 있다가 누군가
하고 내다보았다.

"안녕, 마을지기 집에 가는 길이야."

"이 밤톨 먹어 볼래?"

황소만 한 생쥐가 밥통만 한 밤톨
을 내밀었다.

"배불러. 벌써 많이 먹었거든. 고
구마도 먹고 완두콩도 먹고, 이건
옥수수."

새돌이가 먹다 남은 옥수수 알을 들어 보이며 얼른 다음 집으로 갔다.

다음 집에서는 날씬한 돼지가 평상에 앉아서 구슬을 실에 꿰고 있었다.

"들어와, 들어와."

다가가서 보니 구슬이 아니라 굵은 율무 열매를 덩굴풀 줄기

에 꿰고 있었다. 발톱에는 봉숭아 물이 붉게 들어 있었다.

율무

"이웃에 선물하려고 목걸이를 만들고 있어. 하나 줄까?"

"고마워."

고맙다는 말은 새돌이가 했는데, 팥떡이 목걸이를 냉큼 받아서 자기 목

에 걸었다. 그러면서 말했다.

"발톱에 물이 참 곱게 들었네. 봉숭아 물 맞지?"

"응, 뒷집에 가면 많이 피어 있어."

봉숭아

골목 끝 집에 닿았다. 털빛이 누런 개가 호미를 들고 마당에

서 꽃밭을 가꾸고 있다가 돌아보았다. 봉숭아와 맨드라미, 분꽃, 해바라기가

차례로 서서 내다보았다.

"누구지? 어디서 왔어? 어떻게 왔어?

뭘 도와줄까?"

"물귀신 영감 아참, 물꼬대왕을 찾아가는 길이야."

맨드라미

분꽃

그러자 개가 고개를 도로 돌리며 호미질을 했다. 왼돌이가 다가가서 다시 물었다.

"몰라?"

"거긴 왜 가려고?"

"우리는 저 위 달팽이산에서 왔는데, 골짜기 물이 이 아래로 다 쏟아져 내려."

"안 가는 게 좋아."

"물꼬대왕을 만나야 해. 안 그러면 잔별늪이 다 말라."

"대왕을 만나려면 안개늪을 지나야 하는데, 아무도 거기 갔다가 돌아온 적이 없어."

"그래도 가겠어. 어느 쪽이지? 어떻게 가야 하는데?"

팥떡이 소리주머니를 한껏 부풀리며 물었다. 그러자 개가 말없이 호미를 내려놓고 부엌으로 들어가더니 조그만 그릇을 들고 나왔다. 그릇에는 봉숭아 꽃잎 찧은 것이 들어 있었다.

"이 꽃물이 지워져 없어지기 전에 돌아와야 해. 안 그러면 서로 흩어져서 영영 못 돌아와."

개가 새돌이 손톱과 팥떡 발가락, 왼돌이 등 껍데기에 봉숭아 물을 들여 주었다. 팥떡은 등에도 물을 들여 달라고 했다. 새돌이가 물었다.

"궁금한 게 있어. 왜 여기서는 모두 같은 크기야?"

"그건 네 자리가 가운데라서 그래. 여기서는 누구든지 자기가 한가운데야. 으뜸이지. 그래서 모두 자기 눈에 알맞게 보여. 생쥐에게는 황소가 생쥐만 하게 보이고, 황소에게는 생쥐가 황소만 하게 보이지. 그러니까 누구나 동무가 되고 이웃이 될 수 있어."

"그런데 사람은 왜 안 보이지?"

"숲에 살아. 가끔 마을로 내려와서 우리가 가꾸어 놓은 것을 훔쳐 먹지. 참외 넝쿨을 밟아 놓거나 땅콩밭을 헤집어 놓곤 해."

"집이 없어?"

"우리랑 함께 살면 좋을 텐데, 자꾸만 숲으로 숨어. 마당에 조그만 집을 지어 줄 수도 있고, 때마다 먹을 것을 줄 수도 있는데."

"그런 게 어디 있어? 혹시 너희가 숲으로 쫓았니?"

"뭐라고?"

"이건 아주 거꾸로야. 사람이 여기 있고 너희가 숲에 있어야 맞잖아."

"말도 안 돼. 그게 거꾸로지!"

마을지기 개가 어이없다는 듯이 웃으며 말했다.

8. 벌거벗은 아이들

개가 일러 준 대로 사람이 산다는 숲으로 올라갔다. 나무도 풀도 낯이 익었다. 마치 달팽이산에 들어선 것 같았다. 그런데 한참을 올라가도 아무도 안 보였다. 아무 소리도 들리지 않았다. 풀벌레 소리도 없고 새소리도 안 났다. 아무런 움직임이 없었다. 풀이랑 나무는 뻣뻣하게 얼어 버린 것처럼 꼼짝도 안 했다.

"겁먹을 쪽은 우린데 애들이 겁을 먹었나 봐."

왼돌이가 억새 풀잎을 가리키며 말했다. 잎이 까칠한 억새 뒤로 굵은 소나무들이 촘촘히 서 있었다. 팥떡은 아까부터 그 소나무 뒤를 뚫어지라 살폈다. 그러더니 나직이 말했다.

"누군가 있어. 하나둘이 아니야."

소나무 숲으로 들어섰다. 정말로 나무 뒤에 누가 있는 것 같았다. 고개를 빼고 이쪽저쪽 살피자, 무엇이가 나무 뒤로 슬몃슬몃 돌아가며 보이지 않게 몸을 감추었다. 숲 안으로 더 들어가자 다른 나무 뒤로 자리를 옮겨 가며 따라왔다. 하나둘이 아니었다. 나무마다 다 숨어 있는 듯했다. 몇 걸음 걷다가 갑자기 홱 돌아서자 재빨리 나무 뒤로 몸을 숨기는 그림자가 보였다. 새돌이가 조금 겁먹은 소리로 말했다.

"누군지 나와 봐! 우리는 너희를 해치러 온 게 아니야."

"혹시 너희가 우리를 해치려는 거니?"

윈돌이가 덧붙여 물었다. 온 숲이 조용했다. 갑자기 와아 하며 달려나와 덤벼들지도 몰랐다. 팥떡이 가슴을 울룩불룩 내밀면서 둘레를 살폈다. 율무 목걸이가 따라서 흔들거렸다.

"사람이면 나오고, 사람이 아니……라도 나와 봐."

새돌이가 한 번 더 말했다. 윈돌이가 새돌이를 돌아보면서 살짝 웃었다. 그때였다. 가까이 있는 소나무 뒤에서 가느다란 팔이 쑥 나오더니 솔잎으로 물을 뿌렸다. 잇달아 온 둘레에서 물방울이 날아왔다. 머리 위에서도

비 오듯이 물방울이 떨어졌다. 잠깐 사이에 새돌이 옷이 흠뻑 젖었다. 왼돌이와 팥떡도 물에서 막 나온 꼴이 되었다. 이윽고 나무 뒤에서 아이들이 하나둘 모습을 드러냈다. 모두 홀딱 벗고 머리카락을 치렁치렁 늘어뜨리고 있었다. 발가벗은 고무 인형 같았다. 남자인지 여자인지도 알 수 없었다.

"왜 물을 뿌리고 그래?"

새돌이가 얼굴에 묻은 물방울을 손으로 훔치면서 묻자 한 아이가 말했다.

"나쁜 마음을 씻어 내는 물이야."

"나는 나쁜 사람 아니야. 여기 왼돌이랑 팥떡도 착해."

"다행이군. 숲 바깥에서 사람 아이가 온 것은 처음이야."

"우리는 물꼬대왕을 찾아가는 길이야."

"그럼 안개늪을 지나야겠군. 몸에 걸친 거 벗어도 돼. 갑갑하지 않니?"

"옷을 벗으라고? 나는 이게 편해. 어른들은 왜 안 보이니?"

"우리가 언젠가 어른이 될 거야."

"저기 하얗게 널려 있는 것은 새알이니?"

이번에는 팥떡이 물었다. 그러자 다른 아이가 대답했다.

"버섯이야. 우리가 보살펴야 해."

"버섯을 먹고 사니?"

"아니. 이리 따라와 봐."

새돌이와 왼돌이와 팥떡은 아이들을 따라 숲 안으로 더 들어갔다. 소나무가 꽉 들어차 있어서 둘레가 어둑했다. 마른 솔잎이 떨어져 쌓인 바닥에는 하얀 버섯들이 수도 없이 돋아나 있었다. 빛깔은 하얗고 고운데 냄새가 아주 고약했다. 어떤 것은 탁구공만 하고 어떤 것은 배구공만 하고 어떤

것은 간장독만 했다. 아이들은 맨발로 버섯 사이를 다니면서 솔잎에 샘물을 적셔 뿌렸다. 샘물이 숲 가장자리 한 군데밖에 없어서 여러 번 바쁘게 오가야 했다. 버섯에 물을 뿌리면 소독약을 뿌린 것처럼 거품이 일면서 독한 냄새가 조금 덜해졌다.

"독버섯 같은데, 뭐하려고 키울까?"

왼돌이가 중얼거렸다.

"독버섯이 아니라 마음버섯이야. 나쁜 마음을 먹고 자라는 버섯. 우리가 샘물을 뿌려 주면 조금이라도 덜 자라지."

한 아이가 말했다. 치렁치렁한 머리카락을 귀 뒤로 쓸어 넘기고 있어서 여자아이처럼 보였다. 새돌이가 물었다.

"저 샘물이 버섯을 못 자라게 한다고?"

"응. 그런데 샘물이 갈수록 말라 가고 있어서 걱정이야."

"잠깐, 혹시 내가 나쁜 마음을 먹으면 이 버섯이 자라는 거니?"

"이 버섯은 아니야. 숲 어딘가에 네 마음버섯이 생겨나서 자라겠지."

바로 그때 놀라운 일이 일어났다.

간장독만큼 큰 버섯 하나가 조금씩 흔들거리더니 껍질이 찢어지면서 안에서 아기가 나왔다. 살이 포동포동 오른 아주 건강한 아기였다. 아기 울음소리가 온 숲에 퍼졌다. 갑자기 숲이 바빠졌다. 아이들은 버섯에서 나온 아기를 데리고 얼른 샘물가로 가서 몸을 씻겼다. 솔잎 가지에 물을 묻혀 몸 구석구석을 두드리며 씻었다. 비누 없이 그냥 물로 씻는데도 거품이 끝이 없이 부글거렸다.

"이젠 말 안 해도 알겠지? 나쁜 짓을 많이 하면 여기서 아기로 태어나. 그리고 언제까지나 아이로 살아야 해. 어른이 될 수 없어."

머리카락을 귀 뒤로 쓸어 넘긴 아이가 다가와서 말했다.

"저 아기는 어떤 어른이었을까? 무슨 나쁜 짓을 했는지 궁금하네."

팥떡이 아기를 바라보면서 말했다.

"그건 저 아기도 몰라. 다만 자기가 왜 여기 왔는지는 마음버섯을 돌보면서 차츰 알게 되겠지."

'너도 버섯에서 나왔니?'

새돌이는 이렇게 물어보려다가 말았다. 그런데 아이가 속을 들여다본 듯이 말했다.

"나도 버섯에서 나왔어."

"다른 아이들도 모두?"

"응."

아이들은 쉬지 않고 솔잎에 샘물을 묻혀 와서 버섯에 뿌렸다. 그렇게 물을 뿌려 나쁜 마음을 부글부글 씻어 내는데도 버섯은 자꾸 커졌다. 어떤 것은 탁구공만 하다가 갑자기 축구공만 하게 커지기도 했다.

"아주 엄청난 짓을 저질렀나 보네."

팥떡이 걱정스러운 듯이 말했다.

"저 아래 마을에 내려가 본 적 있니?"

새돌이가 물었다.

"없어. 몇몇 아이들이 가끔 밭에 내려가서 곡식을 가져온 적은 있어."

"거기 마을지기 개가, 마을로 내려오면 집도 지어 주고 먹을 것도 나눠 주겠다고 했어."

"고맙지만 내려갈 수 없어. 마음버섯에 샘물 뿌리는 일을 잠깐이라도 멈추면 안 돼. 그 일을 게을리하면 숲이 넘치도록 아기가 태어날 거야. 또 동물들을 주인으로 섬기면서 사는 것도 마음이 안 내키고."

"안됐구나. 여기서 어른이 된 아이는 정말로 한 사람도 없니?"

"응, 내가 알기로는 없어."

"물꼬대왕을 만나면 한번 물어볼게, 언제쯤 어른이 되는지."

아이가 쓸쓸하게 웃었다. 새돌이가 아이 앞에 다섯 손가락을 펴 보였다.

"우리는 이 봉숭아 꽃물이 지워지기 전에 물꼬대왕을 만나야 해."

"따라와, 안개늪으로 들어가는 문을 가르쳐 줄게."

아이를 따라 솔숲을 걸었다. 버섯이 빼곡하게 들어차 있는 숲길을 조심조심 걸으며 팥떡이 물었다.

"사람이 아닌 동물도 마음버섯이 생기니?"

"아마 그럴걸. 어딘가에 동물들 마음버섯 숲이 있을 거야."

"저 샘물 좀 어디에 담아 갔으면 좋겠네."

윈돌이가 중얼거리자, 아이가 말했다.

"샘물은 네 몸 안에도 있어. 나쁜 마음이 생기면 그 샘물을 길어 쓰면 돼."

마침내 솔숲이 끝나고 다른 숲이 이어졌다. 떡갈나무와 청가시덩굴, 오리나무같이 잎이 넓은 나무들이 서로 가지를 엇섞어 자라고 있었다. 사이사이에 어린 소나무도 섞여 자라고 있었다. 못된 사람이 자꾸 늘

떡갈나무

오리나무

어나면 이곳도 마음버섯이 자라는 솔숲으로 바뀌게 될지 모르지만, 아직은 버섯이 보이지 않았다.

"나는 더 못 가. 저기 앞에 잎이 불그레한 나무 보이지? 저 붉나무 뒤로 곧장 가면 커다란 쥐다래나무가 나와. 그 나무 덩굴 사이로 들어가면 돼. 한 가지 지켜야 할 게 있어. 쥐다래를 따 먹지 마."

"알았어. 고마워."

"잘 갔다 와."

아이가 서둘러 돌아섰다. 팥떡은 목에 걸치고 있던 율무 목걸이를 아이에게 선물로 주었다.

붉나무를 지나 자귀나무와 등칡이 어우러진 수풀을 헤치며 곧장 걸어가자 아주 어마어마하게 큰 쥐다래나무가 나타났다. 덩굴이 얽히고설키어 사방으로 말미잘처럼 가지를 뻗고 있었다. 이파리 사이로 노릇노릇 익은

자귀나무

열매가 조랑조랑 달려 있는데, 그 우거진 덩굴 사이로 어둑한 굴이 둥글게
드러나 있었다.

"괜히 오싹해지네. 저 사이를 어떻게 지나가나."

왼돌이가 말했다.

"안개늪으로 가려면 어쩔 수 없어. 내 등에 꼭 붙어."

팥떡이 등을 낮추며 말했다. 새돌이가 먼저 가지를 딛고 들어섰다.

"발밑이 캄캄해. 가지를 잘 골라 디뎌."

안으로 들어갈수록 잘 익은 쥐다래 냄새가 향긋하게 코를 찔렀다. 저절
로 입에 침이 돌았다. 뒤따라오던 팥떡이 침을 꼴깍 삼키는 소리가 났다.

"이렇게 맛난 냄새는 맡아 본 적이 없어."

왼돌이가 팥떡 등에서 중얼거렸다.

"아까 아이가 한 말 생각나지? 따 먹으면 안 돼. 조금만 참아."

그러면서 새돌이도 침을 한 번 삼켰다. 발아래 가
지를 골라 디디며 조심조심 앞으로 나아갔다. 앞쪽이 조
금씩 희뿌옇게 밝아졌다. 얼굴에 풋풋한 물기가 와 닿았다.

"거의 다 지나왔어."

그때였다. 갑자기 쥐다래나무가 꿈틀거리기 시작했다.

"조심해! 나무가 왜 이러지?"

"팥떡이 열매를 건드렸나 봐!"

"아니야! 그냥 혀를 내밀어 맛만 살짝, 으아아!"

팥떡이 왼돌이와 함께 어둠 속으로 떨어져 내렸다. 나무는 성난 듯이 가
지를 마구 흔들었다. 새돌이도 얼마 못 버티고 가지 사이로 빠져 버렸다.

"으아아!"

9. 창문 너머 안개늪

"풀썩!"

바닥이 푹신했다. 푸른 밀밭에 떨어지는 느낌이었다. 떨어진 채로 누워서 눈을 돌려보니 깊고 널따란 바위 구덩이었다. 벽과 바닥이 온통 짙은 풀빛이었다.

"소금아, 괜찮니?"

팥떡과 왼돌이가 함께 물었다.

"괜찮아."

바위벽 높다란 곳에 창문 같은 구멍 하나가 보였다. 그 네모난 바위 구멍에서 뿌연 안개가 연기처럼 폴폴 새어 나왔다.

"떨어지는 일은 앞으로 제발 좀 없었으면 좋겠어. 폭신한 이끼 위라 해도 떨어질 때는 너무 아찔해."

왼돌이가 투덜거렸다.

"미안해. 나는 진짜로 혀만 살짝 대 봤어. 쥐다래나무가 그렇게 사납게 나올 줄 몰랐지."

팥떡이 말했다.

"맛은 어땠어? 이럴 줄 알았으면 나도 하나 먹어 보는 건데."

"맛도 제대로 못 봤다니까."

입안에 저절로 침이 고였다. 밀밭인 줄 알았던 바닥에는 이끼가 두껍게 깔려 있었다. 이끼가 초록빛 털실을 닮았는데 굵기는 밧줄만큼 굵었다. 벽도 온통 이끼로 덮여 있었다.

"어떻게 올라가지? 올라간다 해도 쥐다래나무가 가만히 있을까?"

팥떡이 위를 올려다보면서 말했다. 바위벽으로 둘러싸인 방이 마치 오래된 무덤 속 같았다.

"혹시 저 바위 창문으로 나가면 안개늪으로 이어지지 않을까?"

"그런데 창문도 너무 높이 있어. 먼저 아래쪽을 살펴보자. 어쩌면 바위가 갈라진 틈이 있을지도 몰라."

셋이 흩어져서 벽을 살폈다. 이끼 낀 바위를 밀어도 보고 젖혀도 보고 당겨도 보고 두드려도 보았다. 틈 하나 없었다.

"감옥이 따로 없군. 바위 감옥이야."

"너무 힘 빠지는 말이잖아. 그냥 초록 감옥쯤으로 하자."

"그런다고 뭐가 달라지니?"

"마음이라도 한결 가볍잖아. 나는 이끼 속에서라면 사흘은 거뜬히 버틸 수 있어."

팥떡과 왼돌이가 입씨름을 했다. 그러다가 새돌이가 바닥에 깔린 이끼를 들추는 바람에 왼돌이 마음이 갑자기 무거워져 버렸다.

"이게 뭐지? 나뭇가진가? 으앗, 뼈다!"

새돌이가 엉덩방아를 찧었다. 팥떡이 층층이 쌓인 이끼를 마저 들추자 여기저기 뼈가 수두룩했다.

"그냥 덮어! 으, 오싹해."

왼돌이가 이끼 위에 엎드려서 말했다.

"어떡해. 우리처럼 여기로 떨어졌다가 못 나가고 죽었나 봐."

안개가 유령처럼 으스스하게 둘레를 감쌌다. 바로 그때, 벽 속에서 가느다란 웃음소리가 들렸다. 셋이 저절로 붙어 섰다.

"누, 누구야?"

"오호호, 이번엔 여럿인가 보군."

한쪽 벽에서 커다란 노래기 한 마리가 스르르 나타났다. 처음에는 지네인 줄 알았다. 몸통 마디마디에서 윤이 반짝반짝 흘렀다. 고리 모양 몸마디마다 다리가 두 쌍씩 붙어 있는데, 모두 백 쌍도 넘지 싶었다.

노래기

"반가워. 너 여기 사니?"

새돌이는 정말로 조금 반가웠다. 혹시 노래기가 나가는 길을 알고 있을지도 몰랐다. 노래기는 벽 아래로 내려와 몸을 뱅그르르 말고 앉았다. 달팽이산에 사는 노래기보다 몸이 크고 길고 다리가 더 많아서 조금 덜 만만하게 느껴지기는 했다. 노린내도 훨씬 고약했다.

"놀랍군. 대단해. 따 먹으면 안 된다고 했을 텐데 쥐다래를 따 먹었단 말이지?"

노래기는 새돌이 물음에 대답도 않고 자기 말만 했다.

"그냥 혀로 맛만 보았어."

팥떡이 말했다.

"아쉽군, 맛만 보다니."

"따 먹어야 했다는 말이니?"

"아함, 하지 말란다고 지레 겁먹고 안 하는 것이 늘 좋은 것은 아니야. 덕분에 우리가 이렇게 만났잖아."

"잘했다는 말이야?"

"어험, 하지 말라는 건 하면 안 되지. 그래서 지금 이렇게 갇혔잖아."

"뭐야, 무슨 말이 그래?"

팥떡이 살짝 성을 냈다.

"그러니까 내 말은 놀랍고도 안됐다는 이야기지."

"지금 약 올리러 왔어?"

"딱해 보여서 그래. 바닥에 쌓인 뼈 안 보이니?"

"이 뼈는 다 뭐야?"

새돌이가 물었다.

"뭐긴, 여기서 못 나가면 누구나 저렇게 돼. 어떻게 나갈 건데?"

"어떻게든 나가야지! 그런데 나가는 길을 못 찾겠어."

팥떡이 말했다.

"그러게 뭐하러 여기까지 왔담. 여긴 아무나 오는 데가 아니야."

"우리는 물꼬대왕을 만나러 왔어."

"오호, 왜?"

"달팽이산 골짜기 물이 이 아래로 다 흘러내려서. 혹시 물꼬대왕이 어디 있는지 아니?"

"음, 알아도 몰라. 물꼬지기는 어디 있는지 알지."

"우리는 물꼬지기를 찾아온 게 아니라 물꼬대왕을 만나려고 왔어!"

왼돌이가 아까부터 가만히 듣고만 있다가 톡 나섰다.

"왼돌아, 잠깐만 있어 봐. 물꼬지기는 어디 있는데?"

새돌이가 새로 물었다. 그러자 노래기가 말고 있던 몸을 길게 풀면서 말했다.

"여기."

"여기 어디?"

"나."

뜻밖이었다.

"그, 그럼 네가 함지골 물구멍을 뚫었니? 물꼬대왕이 시켰어?"

"그건 내가 한 게 아니야. 어쩌면 땅강아지가 그랬는지 모르지. 내 바로 앞에, 땅강아지가 물꼬지기를 했거든."

"땅 위에 사는 목숨도 생각을 해야지, 그러는 게 어디 있어? 왜 마음대로 물을 빼 가는데? 물꼬대왕을 만나서 따져야겠어."

"대왕님은 바빠. 꼭 따지려면 나한테 따져."

"네가 정말 물꼬지기라면, 함지골 물구멍부터 얼른 막아."

"그건 벌써 제대로 되어 있을 거야. 물이 잠깐 모자라서 그랬겠지. 여기도 물이 자꾸 줄어들어서 걱정이야. 땅 위에서 물을 마구 끌어올려 쓰니까 우리도 가끔 급하게 끌어내려 써야 해."

"어쨌든 물꼬대왕을 만나야겠어. 대왕은 어디 있어?"

"대왕님은 바쁘다니까."

"우리도 바빠. 여기 오래 머물 수 없어."

"흠, 그건 나도 마찬가지야."

노래기는 벽을 스멀스멀 기어올랐다. 그러다가 벽 안으로 스미듯이 갑자기 사라져 버렸다.

"어, 잠깐만! 여기서 나가는 길을 알려 주고 가야지!"

새돌이가 소리치자 벽 저쪽에서 말했다.

"창문을 끌어내려!"

팥떡이 노래기가 사라진 벽으로 뒤따라가 껑충 뛰어올라 보았지만, 벽에 탁 부딪치고는 이끼 위로 떨어졌다. 새돌이가 다가가서 사라진 곳을 살폈지만 틈이라고는 없었다. 아까 나타났던 곳을 살펴봐도 손가락 하나 들어갈 틈이 없었다.

"뭔가에 홀린 기분이네. 정말로 물꼬지기가 맞나 봐."

"창문을 끌어내리라는 건 무슨 말이지?"

"저 네모난 바위 구멍을 끌어내려서 그리로 나가라는 소리겠지. 일이 더 어려워졌어."

먼저 왼돌이가 기어올라 보기로 했다. 그런데 왼돌이가 벽을 기어오르자 바위 구멍이 조금씩 다른 곳으로 움직였다.

"저게 자꾸 달아나네. 안 되겠어. 뼈를 높이 쌓은 다음 내가 그 위로 올라가서 펄쩍 뛰어 볼까?"

팥떡이 말했다. 그러자 새돌이가 두 손을 몸에 붙이며 되물었다.

"뼈를 쌓아서?"

"안 내키지? 나도 그래. 쌓기만 하면 올라가서 뛰어 보겠는데."

"그러지 말고 이끼를 뜯어서 줄을 꼬아 보자."

그런데 이끼를 한 줌 뜯자 이끼가 느닷없이 소리를 내질렀다.

"아얏! 이게 뭐하는 짓이야! 떨어지는 걸 잘 받아 주었더니, 세상에나, 너희는 고마움을 이렇게 갚니?"

새돌이가 얼른 이끼를 도로 심어 주었다.

"미안해. 줄을 꼬아서 창문을 끌어내리려고."

"끌어내리려면 네 머리카락을 뽑아서 해! 내가 이 말까지는 안 해 주려고 했는데, 머리카락이 아니고는 안 돼."

그 말에 왼돌이와 팥떡이 새돌이 머리를 빤히 바라보았다.

"내 머리카락은 너무 짧아. 다 뽑아 이어도 창문에 안 닿을 거야."

"숱이 많아서 다 이으면 닿을 것 같은데? 나한테 머리카락이 있다면 망설이지 않고 뽑겠어."

왼돌이가 말했다.

"나도!"

팥떡이 말했다.

"잠깐, 둘이 왜 이래? 조금만 더 생각해 봐. 머리카락이 무슨 힘이 있어서 바위구멍을 끌어내리겠니? 머리카락이

아주 굵고 길면 모르겠지만. 아, 맞다! 산신령 할아버지 머리카락!"

새돌이는 호주머니에서 산신령 할아버지 머리카락을 꺼냈다. 물오리나무 잎에 고이 싸서 넣어 둔 것이었다. 잎을 펼치자 하얀 머리카락이 나왔다.

그런데 머리카락이 그사이 아주 길게 자라 있었다. 함께 싸 둔 눈썹도 길게 자라 있었다.

"끝이 어디지?"

끝을 찾아서 살살 풀자, 머리카락이 창문에 닿고도 남을 만큼 길었다. 눈썹은 물오리나무 잎에 도로 싸서 주머니에 넣었다.

"끝에 뭘 매달지? 이젠 창문으로 던져 걸기만 하면 돼. 내가 매달려 볼까?"

윈돌이가 팔떡을 뚫어지라 바라보면서 말했다.

"왜 나를 봐? 나는 저 높이까지 뛸 수가 없어. 뼈를 매달면 되겠네."

"뼈보다 네가 더 나아. 소금이 어깨에 올라가서 뛰면 닿을 수 있어."

"그래도 너무 높아."

"할 수 있어. 너밖에 없어. 창문을 꽉 붙들어야 해."

"쳇, 내가 혀 한 번 잘못 내민 죄가 있어서 해 보기는 하겠는데, 못 하더라도 딴말하기 없기."

"알았어."

새돌이가 머리카락 한쪽 끝을 팔떡 허리에 묶은 다음 목말을 태웠다. 새돌이가 천천히 일어서서

창문 아래로 가만히 다가섰다. 다가
서자마자 팔떡이 펄쩍 뛰어올라 창문틀
을 앞다리로 꽉 붙잡았다. 얼마나 재빨리 뛰
었던지 창문이 미처 달아날 틈이 없었다.
　"당겨, 당겨!"
　새돌이와 윈돌이가 머리카락을 당기자 바위 창문이 조금
씩 아래로 내려왔다.
　"됐어, 모두 같이 뛰어들자. 윈돌아, 내 등에 붙어."
안개가 흐릿하게 낀 창문 안으로 셋이 함께 뛰어들었다.

　"쨍그랑!"

10. 내 말 좀 들어 봐

안개가 연기처럼 흘렀다. 굴뚝이 따로 없었다. 둘레를 가득 메우며 흐르는 안개에 휩싸여 어디론가 떠밀려 가다가 넓은 곳으로 나왔다.

"안개늪이 맞나 봐."

"아까 그 소리는 뭐지? 우리가 창문을 깨트린 거야?"

"유리가 없었잖아."

"그러게. 머리카락 꽉 잡아."

팥떡이 앞에서 안개를 헤쳐나가며 말했다. 서너 걸음만 떨어져도 안개 때문에 혼자가 되었다. 발이 안개 속으로 푹푹 빠졌다. 바닥이 잘 안 보여서 걸음을 마음 놓고 뗄 수 없었다. 옷이 흠뻑 젖었다. 그런데 아까부터 어디선가 웅얼거리는 소리가 들렸다.

"뭐지? 무슨 소리 안 나니?"

소금이가 물었다. 처음에는 벌레 소리처럼 가늘게 들리더니 갈수록 가까워졌다. 안개 속에서 여럿이 웅얼웅얼 중얼거리는 소리였다.

"팥떡아, 좀 빨리 걸어."

왼돌이가 말했다. 하지만 팥떡 걸음이 갈수록 느려졌다.

"이것 봐. 누가 뒤에서 머리카락을 잡아당기고 있어."

셋이 멈춰 서서 산신령님 머리카락을 조심조심 끌어당겼다. 머리카락이 팽팽하게 끌려왔다.

세상에나! 마치 줄다리기를 하듯이 머리카락에 많은 동물이 붙어 있었다. 풀줄기에 다닥다닥 붙은 진딧물처럼 머리카락에 촘촘히 매달려서, 오로지 자기 말만 중얼거렸다. 아무도 남의 이야기를 듣지 않았다.

"좀 조용히 해 봐. 모두 이 안개늪에서 사니? 혹시 물꼬대왕이 있는 곳을 알아?"

물어도 누구 하나 제대로 대답을 안 했다. 도리어 자기네 말을 들어 달라며 더 크게 아우성이었다.

"내 말 좀 들어 봐."

"내 말부터 좀!"

"내 이야기부터 먼저 들어 줘!"

서로 앞다퉈 자기 이야기를 하고 싶어 했다. 왼돌이가 나섰다.

"차례차례 말을 해야 알아듣지!"

왼돌이가 앞에 있는 동물부터 차례대로 이야기를 들어 주겠다고 했다. 그래도 뒤쪽은 여전히 시끄러웠다.

먼저 바다오리가 말했다.

"물빛은 파랗고 파도는 눈부시고, 정말 깨끗하고 아름다운 바다였어. 그런데 어느 날, 기름배가 가라앉은 거야. 기름이 흘러나와 바다를 검게 덮어 버렸어. 하얀 파도까지 새카매졌어. 갯바위도 모래밭도 모두 기름을 뒤집어썼어. 개펄에 있던 나도."

"저런!"

"기름이 그렇게 사나운 것인 줄 몰랐어. 사람들은 그딴 걸 어디서 찾아냈을까? 그런 건 땅속에 그대로 묻어 놨어야지. 몸에 묻으면 도무지 씻어

낼 수가 없어. 움직일수록 더 끈적끈적 몸을 조여. 날개가 들러붙어서 날 수도 없어. 물 한 모금 삼킬 수 없고, 나중에는 울어도 소리가 안 나와."

"그래서 어떻게 되었어?"

"아무도 도와주지 않았어. 사람들은 바다에서 기름을 걷어 내느라 바빴어. 숨을 할딱이며 그 모습을 바라보다가 정신을 잃었는데, 깨어 보니 여기야. 바다는 다시 깨끗해졌을까?"

"깨끗하게 다시 살아났을 거야. 산이나 강, 바다는 그런 힘이 있잖아."

왼돌이가 말했다.

"미안해. 내가 대신 사과할게."

소금이가 말했다. 그러자 바다오리가 날개를 푸드득 펼쳤다. 마치 오래 접어 둔 우산을 펼치는 것 같았다.

"이제 다시 날 수 있을 것 같아. 마음이 가벼워졌어."

바다오리가 안개를 밀어내며 날아올랐다. 그러더니 안개늪 위로 곧 사라졌다.

다음에는 어름치가 나섰다.

"나는 물이 맑고 바닥에 자갈이 알맞게 깔린 강에서 살아. 알을 낳으면 자갈을 모아서 덮어 두지. 그런데 강 위쪽에 댐을 만드는 바람에……"

어름치

그 바람에 알이 하나도 깨지 못했다며 몸을 부르르 떨었다. 이제 그 강에는 어름치가 살지 않을 거라며 눈을 껌벅였다. 하지만 말을 다 마치고 나서는 몸빛이 조금 밝아졌다.

"이 답답하고 분한 이야기를 들어 주는 사람이 없었는데, 끝까지 들어 주어서 고마워. 마음이 홀가분해졌어. 다시 알을 낳을 수 있을 것 같아. 하지만 그 강에는 안 갈 거다. 혹시 너희는 하고 싶은 말 없니? 내가 들어 줄게."

"우리는 없어. 아, 있어. 함지골에 커다란 구멍이 뚫렸는데, 그 일로 물꼬대왕을 만나러 가는 길이야."

"물꼬대왕을?"

"응, 어디 있는지 알아?"

"그야 물꼬대왕이 있는 쪽으로 곧장 가면 돼."

"그쪽이 어느 쪽인데?"

"그쪽? 아무 쪽으로 가도 물꼬대왕이 있어."

"혹시 대왕이 여럿이야?"

"하하, 아니. 그냥 앞으로 곧장 가면 물꼬대왕이 기다리고 있어. 왜냐하면, 대왕은 누가 어디서 자기를 만나러 오는지 훤히 알거든."

어름치는 안개 속을 헤엄치며 자꾸 위로 올라갔다. 그러다가 안 보였다.

다음은 거북이 차례였다. 그런데 팔떡 발가락과 왼돌이 등 껍데기에 들인 봉숭아 꽃물이 그사이 아주 흐릿해졌다.

"안 되겠어. 여기 너무 오래 머물렀어. 이 봉숭아 물 좀 봐."

소금이가 손톱을 보여 주면서 말했다.

"가면 안 돼. 이야기를 모두 들어 주고 가야지. 내 이야기 좀 들어 봐. 나는 아무거나 잘 먹어."

거북이가 서둘러 이야기를 시작했다. 그러자 왼돌이가 말했다.

"거북아, 잠깐만 멈춰 봐. 소금아, 팔떡이랑 둘이 얼른 대왕을 만나고 와. 내가 여기 있을게. 누군가는 여기서 말을 들어 주어야 하잖아."

"혼자 괜찮겠어?"

"빨리 다녀오기나 해."

소금이는 팥떡 몸에서 산신령님 머리카락을 풀어 왼돌이에게 맡겼다. 거북이가 다시 말을 이었다.

"하루는 물속에 떠다니는 해파리를 한 마리 먹었어. 그런데 그게 해파리가 아니었나 봐. 삼키고 나서야 알았지. 장수거북이 그러는데 해파리가 아니고 비닐봉지래. 그게 목구멍 저 아래를 꽉 막고 있으니까……."

소금이와 팥떡은 곧장 앞으로 걸어 나갔다. 갈수록 안개가 더 짙어졌다.

"팥떡아, 더 빨리 걸어야겠어."

손톱에 들인 봉숭아 물이 아주 옅어져서 없어지려고 했다. 팥떡 등에만 팥물처럼 조금 남아 있었다. 안개가 마치 강물 같았다. 빨리 걸으려고 해도 물속을 걷는 것처럼 몸이 둔했다.

"한 녀석은 왜 안 오냐?"

깜짝 놀랐다. 갑자기 나타난 산호 동굴 안에서 소리가 울려 나왔다.

"왼돌이는 안개늪에서 이야기를 들어 주고 있어요."

굴 안으로 가만가만 들어가자 한 할아버지가 커다란 말미잘 걸상에 앉아 있었다.

"할아버지가 물꼬대왕이에요?"

"그래."

그렇게 안 보였다. 그다지 무서운 모습도 아니고 그냥 다른 할아버지랑 비슷했다.

"진짜로 물꼬대왕님 맞아요?"

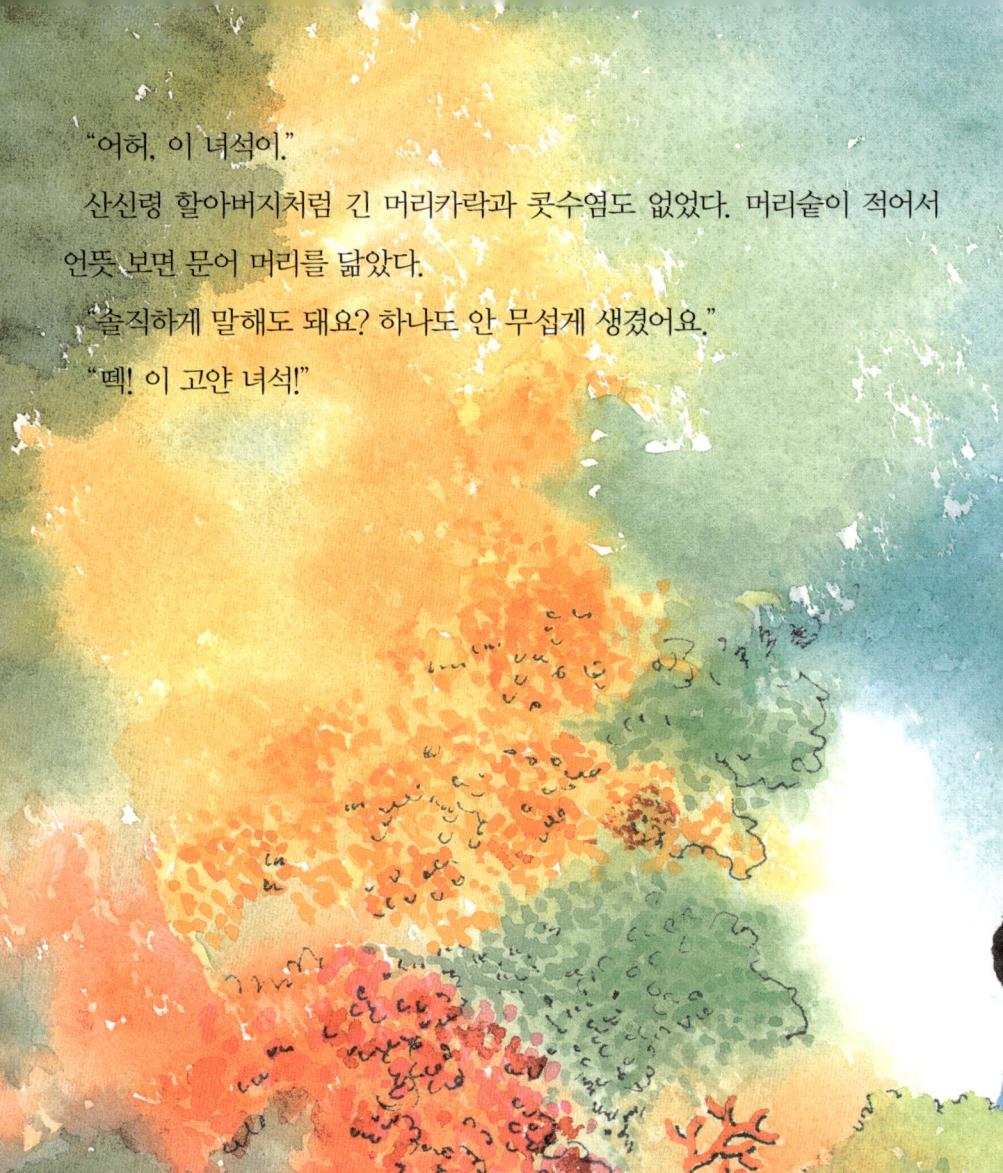

"어허, 이 녀석이."

산신령 할아버지처럼 긴 머리카락과 콧수염도 없었다. 머리숱이 적어서 언뜻 보면 문어 머리를 닮았다.

"솔직하게 말해도 돼요? 하나도 안 무섭게 생겼어요."

"떽! 이 고얀 녀석!"

갑자기 할아버지 몸이 부풀더니 커다란 물고기가 되었다. 입이 엄청나게 컸다. 입을 쩍 벌리는데 이빨이 가시 울타리처럼 촘촘히 박혀 있었다. 울타리 안으로 빨려 들어가면 다시는 못 빠져나올 것 같았다.

"소금아, 뛰어!"

팥떡이 먼저 몸을 돌려 뛰었다. 소금이도 따라 뛰었다. 그렇게 산호 동굴을 나와서 숨을 곳을 찾다가 그냥 바닥에 엎드렸다. 마땅히 숨을 곳이 없었다.

"어떡하지? 말로만 듣던 아귀를 여기서 보다니! 마음만 먹으면 우리를 통째로 꿀꺽 삼킬 거야."

팥떡이 엎드린 채 소곤거렸다. 그때 굴 안에서 다시 소리가 들려왔다.

"냉큼 들어오너라, 안 잡아먹을 테니까!"

목소리가 다시 부드러워졌다. 빨리 안 들어가면 또 성을 낼지도 몰랐다.

"들어가자. 따져야겠어."

소금이가 먼저 들어섰다. 팥떡이 뒤따랐다. 둘이 숨을 크게 들이쉬며 몸을 부풀렸다. 물꼬대왕은 아귀 모습에서 다시 할아버지로 돌아와 있었다.

"성내지 마세요, 무서우니까. 할 말이 있어서 왔어요."

"말해 보아라."

"우리 달팽이산 골짜기

112

물 함부로 빼 가지 마세요!"

"알겠다."

"끝이에요? 대답이 너무 쉽잖아요. 짧고."

"알았으니까 얼른 돌아가거라. 여기는 너희가 올 곳이 아니다."

"단단히 약속해 주세요. 다음에 또 물구멍이 뚫리면 안 된다고요!"

"급할 때는 우리도 어쩔 수 없단다. 땅 위에서 곳곳에 대롱을 박아 땅속 물을 끌어올려 쓰니까, 여기도 물이 자꾸 모자라. 안개늪에 안개도 피워야 하고, 마음버섯 숲 옹달샘에 물도 채워야 하고."

"그럼 우리는요? 함지골 냇물에 가재랑 다슬기, 반딧불이, 날도래가 살고 잔별늪에도 얼마나 많은 동무가 사는데요."

"그렇다면 이걸 가져가거라. 물이 너무 줄어서 네 동무가 위험해지면 이걸 물구멍에 던져 넣어. 그러면 물구멍이 저절로 막힐 것이다."

물꼬대왕이 단지처럼 생긴 산호 속에서 붉은 구슬 하나를 꺼내 소금이에게 주었다. 새빨간 석류알 같았다.

"한 개밖에 안 주세요?"

"어허, 이 녀석이!"

할아버지가 구슬을 도로 빼앗아서 팥떡 입에 넣어 주었다.

"땅 위로 나갈 때까지 꼭 다물고 있어. 삼키지 말고!"

팥떡 턱이 불그레하게 물들었다. 돌아가는 일만 남았다.

11. 고무신 배를 삿대로 저어

"대왕님, 한 가지 물어봐도 돼요?"

"무엇이냐?"

"마음버섯에서 나온 아이들은 언제 어른이 되는데요?"

"글쎄다. 지은 죄가 하도 무거워서."

"그럼 어른이 못 되는 거예요?"

"그게 그러니까……, 숲에 버섯이 하나도 안 생기면 또 모르지."

"버섯이 하나도 안 생긴 적이 있었어요?"

팥떡이 소금이 다리를 툭 쳤다. 자꾸 묻지 말라는 뜻이었다.

"그런 때가 언젠가는 오겠지, 어험."

"그건 어른이 되지 말라는 소리잖아요."

"네 녀석이 나설 일이 아니다. 얼른 돌아가."

"숲에 사는 아이한테 알아봐 주겠다고 약속했어요."

"그럼 그대로 알려 주렴. 아이가 알아봐 달라고 하더냐?"

"아니요, 제가 알아봐 주겠다고."

"떽!"

할아버지가 다시 몸을 부풀려서 아귀가 되었다.

"그게 뭐 어때서요! 좀 알아봐 주면 안 돼요?"

소금이가 한 걸음 물러나 몸을 부풀리며 말했다. 팥떡도 몸을 잔뜩 부풀렸다. 오돌토돌한 팥떡 등에서 독물이 끈적끈적 흘러나왔다.

"뭐하러 아이 마음을 흔들어 놓느냐? 죄를 지었으면 누구나 벌을 받아야지!"

그러자 팥떡이 입을 다문 채 꾸르륵꾸르륵 무슨 소리를 냈다. 소금이가 귀를 갖다 댔다.

"그 녀석이 뭐라고 하느냐?"

"우리가 오는 줄 어떻게 알고 여기서 기다렸는지, 그게 궁금하대요."

"지금 무슨 딴소리를 하는 거야!"

대왕이 소리를 높였다. 소금이가 얼른 덧붙여 물었다.

"혹시 우리가 오는 거, 봉숭아 꽃물로 알았어요?"

"이 녀석 보게?"

"그런데 할아버지가 진짜예요, 아귀가 진짜예요?"

"이게 진짜다!"

물꼬대왕이 아귀 모습에서 기다란 바다뱀으로 바뀌었다.

"뱀은 안 무서워요. 내 동무 능구렁이가 얼마나 착한지 모르죠? 절대로 먼저 달려들지 않아요."

바다뱀이 입을 벌리고 달려들다가 멈칫했다.

"에고, 내가 너희 때문에 지친다. 가거라. 얼른 내 앞에서 사라져."

물꼬대왕이 바다뱀에서 할아버지로 힘없이 돌아왔다.

"그런데 물꼬대왕 할아버지, 있잖아요."

"또 뭐?"

"안개늪에 있는 동물들은 하고 싶은 말이 왜 그렇게 많아요?"

"살면서 너무 억울한 일을 만나서 그래. 그 억울한 마음이 아직도 안 풀려서 그러지."

"그럼 자기들끼리 서로 들어 주고 풀어 주면 되잖아요."

"그게 그렇게 안 되는 모양이다. 하나같이 마음에 맺힌 게 너무 커서 제 말만 하려고 하고 남 말을 듣지 않아."

팥떡이 구슬을 머금은 채 머리를 끄덕였다.

"그리고요, 할아버지는 머리숱이 왜 그렇게 적어요?"

"뭣이?"

"산신령 할아버지가 물귀신 영감이라고 했거든요. 그래서 머리카락을 길게 늘어뜨리고 있을 줄 알았어요."

"떽! 이런 노망난 영감태기를 봤나. 물귀신? 하이고, 힘이 빠져서 성도

116

못 내겠네."

할아버지 몸이 부풀어 오르며 아귀로 반쯤 바뀌다가 다시 할아버지로 돌아왔다.

"처음부터 머리카락이 없었어요?"

"옛날에는 있었다. 그런데 빠져 버렸어."

"왜요?"

"물이 모자라서 물꼬지기를 데리고 어느 강바닥에 물구멍을 뚫었는데, 그 강이 아주 지독하게 썩은 강이었어. 그 독한 물을 뒤집어쓴 뒤로 머리가 다 빠져 버렸다."

"물어보지 말 걸 그랬어요. 대왕 할아버지, 미안합니다."

"미안하면 얼른 가. 가서 그 영감태기한테 말해. 산에만 있지 말고 세상이 어떻게 돌아가는지 좀 살펴보라고."

"그럴게요."

"그리고 이 방망이 받아라. 가져가서 산신령인가 들신령인가 하는 그 영감한테 보여 줘."

"이거 도깨비방망이잖아요."

"이런 방망이를 지니고 다니는 도깨비가 있어?"

"예, 있어요. 아니요, 진짜로 보지는 못했어요. 책에서 봤어요."

"쯧쯧, 이런 게 이따금 물에 떠내려온단다."

"장난감일지도 몰라요. 애들이 갖고 놀다가 버린 거요. 그런데 이건 진짜 같은데."

방망이는 나무로 만들어서 묵직했다. 길이가 야구방망이보다 짧고, 뭉툭한 머리에 굴밤 같은 혹이 울퉁불퉁 박혀 있었다.

"아무튼 얼른 갖고 떠나거라."

소금이랑 팥떡은 물꼬대왕에게 인사를 하고 굴을 나섰다. 소금이는 손에 방망이를 들고 팥떡은 입에 구슬을 물었다. 안개가 더 짙어져서 둘레가 온통 희뿌연 벽 같았다. 돌아보니 산호 굴이 그새 온데간데없었다.

"팥떡아, 이쪽 맞지? 똑바로 잘 걸어야 해."

금세 옷이 축축해졌다. 몸이 저절로 비틀거렸다. 차라리 깜깜한 어둠 속에서 걷는 것이 더 쉬울 것 같았다. 걸어 나갈수록 아까 왔던 길과 다르게 느껴졌다. 올 때는 조금 축축한 모래땅이었는데 이제는 아주 마른 땅이었다. 그런데도 어찌 된 일인지 발이 땅속으로 폭폭 빠졌다. 발을 쾅 굴러 봐도 먼지 하나 일지 않았다. 혹시 설탕이나 소금인가? 소금이가 맛을 봐 보려고 허리를 굽히는데, 옆으로 커다란 물수리 한 마리가 내려앉았다.

"그게 똑바로 걷는 것이냐? 안개가루는 왜 먹으려고 하니?"

"어, 이 목소리! 물꼬대왕님이세요?"

"타라. 내가 달팽이가 있는 곳까지 태워 줄 테니."

물꼬대왕이 팥떡과 소금이를 태우고 안개 속을 날았다.

"더 높이 날아 보세요! 안개늪이 어떻게 생겼는지 보고 싶어요."

그런데 얼마 날아오르지도 않아서 다시 땅으로 내려갔다. 왼돌이가 보였다. 아직도 많은 동물이 산신령님 머리카락에 붙어서 차례를 기다리고 있었다. 왼돌이는 물수리가 옆에 내려앉는데도 이야기를 들어 주느라 바빠서 돌아보지도 않았다. 그러다가 물수리를 힐끔 보더니 말했다.

"너도 할 이야기가 있니? 그럼 저 뒤로 가서 차례를 기다려. 어, 소금아!"

물수리 날개를 비집고 소금이와 팥떡이 내리자 왼돌이 눈이 동그래졌다. 물꼬대왕이 물수리에서 할아버지 모습으로 돌아오며 말했다.

"나도 할 이야기가 있는데, 아주 짧아."

"그래도 차례를 기다리세요."

소금이가 얼른 나섰다.

"왼돌아, 이 할아버지는 물꼬대왕님이야."

"대왕님이면 줄 안 서도 돼요? 그리고 가슴이 답답해서 중얼거리는 저 소리에 한 번이라도 귀를 기울여 보셨어요?"

"아니."

할아버지가 민머리를 긁적였다.

"한 번만 찬찬히 들어 주면 될 일인데, 대왕님은 그럼 뭘 하시는데요?"

"그게 그러니까……, 이런 고얀 녀석을 봤나!"

"왜요, 이번에는 또 어떤 모습으로 바꾸려고요?"

할아버지가 모습을 아귀로 바꾸려다가 말았다.

"허 이거 참, 꼭 차례를 기다려야 하느냐?"

"정말 짧아요? 어디 말해 보세요."

왼돌이가 특별히 할아버지를 봐주었다.

"나는 너희 셋 때문에 머리가 어지럽다. 이곳은 너희가 오래 머물면 안되는 곳이야. 저 위에는 위에 대로 이 아래는 아래 대로 돌아가는 이치가 있어. 그게 서로 다르단다. 그러니까 얼른 돌아가거라."

"할 이야기가 그 말이었어요?"

"그래. 얼른 돌아가. 서둘지 않으면 이곳도 저곳도 아닌 엉뚱한 곳을 떠돌게 돼."

"그러면 할아버지가 우리 대신 이야기를 들어 주세요."

"뭣이, 내가?"

"왼돌이 말이 맞아요. 할아버지 아니면 아무도 없잖아요."

"어험, 나는 이런 일 아니라도 너무 바빠서."

"알겠어요. 그럼 우리가 다 들어 주고 돌아갈게요."

"아, 알았다. 내, 내가 들어 주마. 얼른 내 눈앞에서 사라져 버려."

"좀 태워 주시지 않고요?"

"예끼! 그러면 이야기는 누가 들어 주느냐!"

"안개가 너무 많아요."

"옜다. 이걸로 안개를 헤치면서 가거라."

물꼬대왕이 옆구리에서 깃털을 하나 꺼내 주었다. 그러면서 또 말했다.

"강에 닿거든 강물을 거슬러 올라가지 말고 떠내려가거라. 떠내려가다 보면 강이 두 갈래로 갈라지는데, 오른쪽 작은 샛강으로 배를 움직여서 들어가."

"배가 있는 줄 어떻게 아셨어요? 사실은 그게 산신령님 고무신이에요. 그런데 물살이 빨라지면 배를 어떻게 움직여요?"

"그 영감태기가 배를 주면서 삿대는 안 주더냐? 이렇게 기다란 줄도 주었구먼."

물꼬대왕이 산신령님 머리카락을 잡아당기며 말했다.

"아, 알겠어요. 삿대도 주었어요."

대왕님은 머리카락을 잡고 이야기를 듣기 시작했다. 소금이와 팥떡과 왼돌이는 물꼬대왕님께 인사를 드리고 안개 속으로 들어섰다. 대왕님이 준 깃털로 앞을 쓸자 안개가 뭉게뭉게 밀려났다. 안개를 걷어 내고 보니 바닥이 함지골 논길이나 밭길, 산길과 다를 게 없었다. 이른 아침에 잔별늪 둑길을 걷는 느낌이었다.

"팥떡아, 너 아까부터 왜 한마디도 안 해? 혹시 뭐 먹어?"

"아니야, 왼돌아. 대왕님한테 구슬을 하나 받았어. 나는 이 방망이를 받고, 팥떡은 땅 위로 나갈 때까지 구슬을 입에 물고 있어야 해."

소금이가 대신 말했다.

"잃어버릴까 봐 그래? 그러면 내가 몸 안에 품고 있을게."

왼돌이 말에 팥떡이 입을 다문 채 웅얼거렸다. 걱정하지 말고 자기를 믿으라는 소리였다.

안개늪 끝에서 개다래나무를 만났다. 팥떡이 입을 다물고 있으니까 아무 일 없이 나무덩굴 사이를 빠져나왔다.

솔숲 아이들은 한결같이 마음버섯에 샘물을 뿌리고 있었다. 숲에 버섯이 하나도 안 생기면 모두 어른이 될 수 있다고, 물꼬대왕이 말한 대로 말해 주었다. 그 말을 듣더니 더 부지런히 버섯을 씻었다.

집짐승 마을에서는 배를 잔뜩 채웠다. 안개늪에 갔다가 돌아온 건 소금이와 팥떡과 왼돌이가 처음이라며 잔치를 열어 주었다.

푸른 언덕을 넘어 강가 모래밭에 닿자 산신령님 고무신이 기다리고 있었다. 셋이 고무신 배를 타고 강을 떠내려갔다.

소금이가 호주머니에서 산신령님 눈썹을 꺼냈다. 눈썹도 머리카락처럼 많이 자라 있었다.

"대왕님도 참. 눈썹으로 어떻게 배를 저으라는 거지?"

그러면서 헛일 삼아 눈썹을 강물에 담갔다. 그러자 눈썹이 곧 단단한 장
대가 되었다.

"우와, 우리 산신령님 정말 대단해. 어떻게 알고 머리카락과 눈썹을 뽑
아 주셨을까. 고무신도 일부러 떠내려 보낸 거야!"

왼돌이가 말했다. 팥떡은 입을 다문 채 한 발로 강물을 부지런히 휘저었
다. 소금이는 기다란 장대로 강바닥을 밀며 배를 강 오른쪽으로 몰았다. 한
참 떠내려가자 천둥소리가 우르르릉 들려왔다.

"강물이 낭떠러지로 떨어지고 있어! 저기 샛강으로,
빨리빨리! 앗, 물이 하늘로
올라간다아!"

12. 첫내골 너머 도깨비골로

"정신이 드니?"

눈을 뜨니 잔별늪이었다. 고슴도치와 능구렁이가
나무 방망이를 살펴보다가 물었다.

"응, 팥떡이랑 왼돌이는?"

"물꼬대왕이 준 구슬을 찾고 있어."

"뭐? 구슬을 잃어버렸대?"

팥떡이 물 위로 머리를 잠깐 내밀더니 다시 물속으로 들어갔다. 황소개구리도 커다란 눈으로 물속을 살폈다. 자라도 잠깐 보였다. 한쪽에서는 물총새가 물속으로 뛰어들었다. 모두 구슬을 찾느라 바빴다.

소금이도 물로 들어갔다. 잔별늪 가장자리를 헤엄치며 부들과 달뿌리풀 사이를 살폈다. 그러다가 부들 사이에서 고무신 한 짝을 찾았다.

고무신을 쥐고 물 위로 올라오자, 마침 자라도 고무신 한 짝을 입에 물고 물 위로 올라왔다. 한 짝은 아버지, 한 짝은 산신령 할아버지 고무신이었다.

팥떡이 다가와서 말했다.

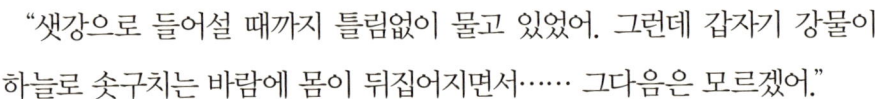

"아무리 찾아도 없어."

"혹시 땅 밑에서 흘린 건 아니야?
잘 생각해 봐."

"샛강으로 들어설 때까지 틀림없이 물고 있었어. 그런데 갑자기 강물이
하늘로 솟구치는 바람에 몸이 뒤집어지면서…… 그다음은 모르겠어."

"그러게 나한테 맡겼으면 이런 일이 없었지. 혹시 삼킨 거 아니야?"

왼돌이가 깃털을 붙들고 다가오면서 말했다. 안개늪에서 안개를 쓸어
내던 물수리 깃털이었다. 왼돌이 말을 듣고 소금이가 팥떡 배를 보니 배가
조금 붉어 보였다.

"팥떡아, 입을 크게 벌려 봐."

소금이가 팥떡 목구멍 안을 들여다보자 안에서 붉은빛이 비쳐 나왔다.

"이를 어째! 구슬이 배 속에 있나 봐."

"삼킨 줄 모르고 여태 잔별늪을 뒤졌어."

"그래도 땅 밑에서 흘리지 않아서 다행이야."

"토해! 토해 봐."

팥떡이 혀를 길게 내밀고 배를 울룩불룩하며 구슬을 토해 내려고 애를
썼다. 하지만 물만 조금 흘러나올 뿐이었다.

"똥을 누면 함께 나올지도 몰라."

고슴도치가 말했다.

"눠 봐. 안 누고 싶어?"

"응."

팥떡이 잔뜩 울상이 되었다.

"걱정 마. 잔별늪에 빠트렸으면 아직도 못 찾았을 거야. 산신령 할아버지한테 가 보자. 물꼬대왕 만난 이야기를 해 드려야지."

"나는 안 갈래. 그냥 여기 있을게."

"괜찮아. 내가 잘 말할 테니까 너는 그냥 입만 한 번 벌리면 돼."

그때 검정이가 함지골 쪽에서 달려왔다. 풀이랑 나무가 소금이 소식을 온 숲에 퍼뜨린 모양이었다.

"소금아! 무섭지 않았어?"

"조금. 할아버지는 어디 계셔?"

"낮잠 주무시는 거 보고 살짝 나왔어. 할아버지한테 가려고?"

"응."

"그럼 내 등에 타."

"왼돌이랑 팥떡도?"

"다 타."

밤송이 고슴도치도 타겠다고 하는 걸 겨우 말렸다. 왼돌이는 물수리 깃털을 붙들고, 소금이는 고무신이랑 방망이를 들고 탔다. 팥떡은 배 속에 구슬을 품은 채로 탔다.

검정이가 호랑이굴로 달렸다. 달리는 길가에 숲 속 동무들이 나와서 반겨 주었다.

"참, 함지골 물구멍은 막혔지?"

"응, 할아버지는 지리산 노고단 할머니 덕인 줄 알아."

"지리산 할머니가 왔어?"

"표범을 타고 왔다 갔어."

"물구멍을 막은 건 우리야. 그렇지, 소금아? 우리가 물꼬대왕을 만나서 따졌으니까."

팥떡이 볼멘소리를 했다.

"그런데 노고단 할머니가 뭘 타고 왔다고?"

왼돌이가 물었다.

"검은 표범. 우리는 벌써 두 번이나 만났어."

"안 무서웠어?"

"무섭긴. 나더러 꽤 잘 달린다고 그랬어."

"그건 그래. 우리 숲에서 빨리 달리기는 검정이가 으뜸이야. 그렇지만 오래달리기는 내가 으뜸일걸."

왼돌이가 말했다. 그러는 사이에 굴에 닿았다.

"가만, 아직 주무시는지도 몰라."

굴 안을 가만히 살폈다. 할아버지가 돌 위에 반듯하게 앉아 있었다.

"어, 일어나서 앉아 계신다."

"쉿! 할아버지는 원래 앉아서 주무셔."

검정이를 따라 모두 살금살금 굴 안으로 들어갔다. 할아버지는 눈을 감고 꼿꼿하게 앉아 있었다.

가까이 다가가자 나직하게 코까지 골았다. 소금이가 할아버지 고무신과 아버지 고무신을 짝이 맞게 살그머니 바꾸었다.

"내려놓아라."

눈을 감은 채 할아버지가 말했다.

"깨셨어요?"

"고얀 녀석, 신을 왜 훔쳐 가느냐!"

할아버지가 눈을 부릅뜨며 말했다.

"훔치려는 게 아니고요, 서로 짝이 맞게 바꾼 거예요."

"그건 또 무엇이냐?"

할아버지가, 소금이가 들고 있는 방망이를 보고 물었다.

"아, 이거요? 물귀신 아니, 물꼬대왕님이 주신 거예요. 할아버지한테 보여 드리래요."

"어디 보자."

할아버지가 방망이를 요리조리 살폈다. 우둘투둘한 방망이 머리를 등에 대고 긁어도 보고, 발바닥에 대고 문질러도 보았다. 바위에다 탁탁 두들겨 보기도 했다.

"제 생각에는요, 도깨비방망이 같아요."

이 말에 할아버지가 방망이를 얼른 내려놓았다.

"야 이 녀석아, 그걸 왜 이제야 말해?"

"그냥 책에서 한번 본 기억이 나요."

"이런, 책에서 봤다는 것도 지금 말하고 있네!"

"아이참, 도깨비가 무서우세요?"

"예끼! 무섭기는. 이런 방망이를 든 도깨비를 본 적이 없어서 그렇지, 에헴! 그나저나 물귀신 영감은 잘 있더냐?"

"예. 그런데 우리가 잘 다녀왔는지는 안 물어보세요?"

할아버지는 그제야 소금이와 팥떡과 왼돌이를 찬찬히 둘러보았다.

"옴개구리가 좀 힘들었던 모양이구나. 그 깃털은 어디서 났느냐?"

"물수리 깃털이에요. 이걸로 안개를 쓸면 아주 잘 쓸려요."

왼돌이가 말했다. 할아버지가 만져 보고 싶어 해서 소금이가 깃털을 할아버지한테 건넸다.

"물수리가 바로 물꼬대왕님이에요. 아귀도 되고 바다뱀도 되었어요."

"그 영감태기가 별짓을 다 하는구먼."

"할아버지도 날 수 있어요?"

"뗵! 내가 새냐!"

소금이가 귀를 막으며 한

걸음 물러섰다.

"둘이 닮았어요."

"뭐가!"

"큰 소리로 성내는 거요. 물꼬대왕 할아버지랑 똑 닮았어요."

"허, 요 녀석이."

할아버지가 깃털을 얼굴 가까이 대고 부채처럼 흔들었다. 눈썹과 수염이 바람에 휘날렸다. 왼돌이가 머뭇거리다가 말했다.

"그 깃털 돌려주시면 안 돼요?"

"시원해서 부채로 써야겠다. 물귀신 영감이 또 다른 건 안 주더냐?"

"그게요, 한 가지 더 있는데요."

소금이가 말을 꺼냈다.

"무엇이냐?"

"이야기 듣고 또 성내시면 안 돼요."

"무엇이냐니까."

"구슬이요. 다음에 또 물구멍이 나면 쓰라고 주셨어요."

"내놔 봐."

"팥떡 배 속에 있어요. 입에 물고 오다가 그만……. 팥떡아, 입 벌려 봐."

팥떡이 입을 벌리자 목구멍 안이 발갰다.

"그러니까 저 녀석이 삼켜 버렸다는 말이냐? 저 고얀 녀석 배를 갈라라! 당장 구슬을 꺼내!"

산신령 할아버지가 깃털로 팥떡을 가리키며 소리쳤다. 팥떡이 놀라서 굴 밖으로 달아났다. 소금이가 말했다.

"할아버지, 너무해요! 어떻게 그런 무서운 말을 할 수 있어요?"

"구슬을 꺼내야지."

그러자 왼돌이가 소리쳤다.

"그럼 팥떡이 죽잖아요!"

할아버지가 또 소리를 지를 듯이 숨을 들이마시더니 입을 다물었다. 얼굴이 조금 붉어졌다. 손으로 수염을 두어 번 쓰다듬 었다. 그러더니 물수리 깃털을 펄럭펄럭 부치며 말했다.

"구슬은 어험, 옴개구리

몸속에 그대로 두는 게 좋겠다. 꺼내 봐야 마땅히 놔둘 곳도 없고. 호랑
아."

검정이가 얼른 앞으로 나가 엎드렸다. 할아버지가 검정이 등에 올라앉으
면서 소금이에게 말했다.

"저 울퉁불퉁한 방망이는 첫내골 너머 도깨비한테 갖다 보여 주렴."

"우리가요?"

제대로 물어볼 사이도 없이 할아버지랑 검정이가 굴 밖으로 휙 사라져
버렸다.

"아이, 아직 할 말이 남았는데, 순 멋대로 억지 할아버지
야. 머리카락이랑 눈썹을 주셔서 고맙다고 말하려고 했는
데……."

굴 밖으로 나오자 팥떡이 공작고사리 그늘에 웅크리고 앉
아 있었다. 왼돌이가 다가가서 말했다.

공작고사리

"팥떡아, 걱정 마. 네 몸은 이제부
터 구슬을 넣어 두는 집이야. 꺼
내더라도 마땅히 둘 곳이 없
대. 그러니까 몸을 잘 보살펴
야 해."

방망이를 호랑이굴에
둔 채, 셋이 함지골로
내려왔다.

"도깨비골에 누가 가면
좋을지 생각해 보자."

134

소금이는 동무들과 헤어져서 집으로 돌아왔다. 아버지가 울타리 옆 텃밭에서 씨를 뿌리고 있었다.

"아부지, 뭐 심어?"

"상추."

아버지는 돌아보지도 않고 말했다.

"나, 땅 밑에 갔다 왔어."

"용왕님 만나러?"

"아니. 물꼬대왕님 만나고 왔어."

"그래 고무신은 찾았니?"

"응, 붉은 구슬이랑 도깨비방망이도 얻어 왔어."

"무슨 방망이?"

아버지가 그제야 소금이를 돌아보았다.

"도깨비방망이. 그래서 도깨비골에 가야 할지도 몰라."

"산신령 할아버지가 방망이를 도깨비골에 가져다주래?"

"응."

"할아버지도 참. 검정이를 호랑이처럼 부리는 것도 모자라 이젠 너한테까지 힘든 심부름을 막 시키는구나."

"심부름 아니야. 나도 도깨비골에 가 보고 싶어."

13. 더벅머리 김 서방

소금이는 오랜만에 늦잠을 푹 잤다.

점심때가 다 되어 일어나 보니 아버지는 안 보이고 해가 마당 위에서 내려다보고 있었다. 마당가 나무들이 땡볕에 모두 지쳐 보였다. 단풍나무는 잎을 여러 겹 포개어서 해를 가리고 있었다. 잎이 빨갛게 달아올라 불붙은 손바닥 같았다.

소금이가 집 밖으로 나오자 울타리 꾸지뽕나무가 말했다.

"아우, 말도 못하게 더워. 어디 가는데?"

"우리 아부지 못 봤니?"

"아침에 호미골로 가던데."

"그래? 버섯 따러 갔나 보네."

"그늘로 들어와. 폭포 소리도 있어."

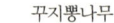

꾸지뽕나무

꾸지뽕나무 그늘로 들어섰다. 때맞춰 매미 소리가 쏴아아 하고 쏟아졌다.

"정말 폭포 소리 같네. 말매미야, 그렇게 소리 지르면 배 안 아파?"

"말 시키지 마. 나 바빠. 얼른 짝을 찾아야 해."

조금 뒤에 어디선가 암컷 말매미가 푸르르 날아와 옆

말매미

가지에 앉았다. 그러자 말매미가 더 우렁차게 소리를 쏟아냈다. 그 모습을 보면서 꾸지뽕나무가 소금이한테 속삭였다.

"도깨비골에 가면 나 닮은 애 있나 좀 알아봐 줘. 나도 열매를 맺을 때가 되었는데, 내 짝이 될 나무가 둘레에 없어."

"그래서 그렇게 돌아다녔구나. 알았어."

소금이는 그늘에서 나와 도랑물로 낯을 씻었다.

그때 검정이가 헐레벌떡 달려왔다.

"할아버지가 얼른 도깨비골로 떠나래."

"지금? 같이 갈 동무도 아직 안 정했는데. 내일 아침에 떠날래. 나는 심부름꾼이 아니니까 내가 가고 싶을 때 갈 거야."

"그럼 나만 혼나."

"왜 너를 혼내? 정말 괴짜 할아버지야."

"우리 주인아저씨는 소식 없어? 나 찾으러 안 왔어?"

"응, 전화만 왔어. 아부지더러 널 찾아서 별장에 데리고 있으라고 했대."

"빨리 안 데려가면 나 정말 호랑이가 되고 말 거야."

"호랑이 노릇이 싫어?"

"뭐 싫지는 않지만, 너무 고단해. 쉴 수 있는 시간은 할아버지가 낮잠 주무실 때뿐이야."

때맞춰 호미골 쪽에서 아버지가 돌아왔다. 아버지는 검정이를 보더니 아주 반가워했다.

"아이구, 검정아! 숲에서 잘 지냈니? 들어가자. 오늘 밤은 별장에서 자."

아버지는 묵직해 보이는 자루를 어깨에 메고 있었다.

"버섯이야?"

"아니, 메밀. 장에 갔다 오는 길이다."

"호미골 산길로?"

"응, 산길로 질러가면 찻길로 가는 것보다 빨라."

메밀

그날 검정이는 정말로 별장에서 잤다. 할아버지가 얼마나 성을 낼지 걱정이 되기는 했지만, 소금이 아버지를 믿고 안뜰 잔디밭에서 실컷 놀아 버렸다.

아버지는 장에서 사 온 메밀로 메밀묵을 쑤느라 바빴다.

다음 날 아침, 소금이와 검정이가 호랑이굴로 가려고 하자, 아버지가 메밀묵을 깨끗한 보자기에 싸서 내놓았다.

"할아버지 갖다 드리라고?"

"할아버지랑 도깨비. 큰 거 한 모가 도깨비들 몫이다."

굴에 닿았다. 굴 안에서 할아버지가 물수리 깃털을 옆구리에 대고 흔들면서 뭐라 중얼거리고 있었다. 소금이가 조심스럽게 물었다.

"뭐하세요?"

"이런 고얀 녀석들, 왜 이제야 오느냐? 새가 되어 찾아가 보려고 했다!"

검정이가 잘못했다는 듯이 구석으로 가서 얌전히 엎드렸다.

"물수리가 되고 싶으세요?"

"어험! 그게 그러니까, 물귀신 영감은 뭐라고 하니까 새로 바뀌더냐?"

"아무 말 않던데요. 그냥……."

그냥 성을 왈칵 내니까 아귀나 물수리로 바뀌더라고 말하려다가 꾹 참았다. 그랬다가는 날개가 생길 때까지 성을 버럭버럭 낼 게 뻔했다. 소금이가 할아버지 앞에 보자기를 풀었다.

"이거 아부지가 쑤었는데요, 한 모 드셔 보세요."

"메밀묵 아니냐?"

할아버지는 묵을 손으로 집어 우적우적 먹었다.

"할아버지, 저 도깨비골에 갈 때요, 호랑이랑 같이 가면 안 돼요?"

"그래, 안 된다."

"에이, 왜요?"

"도깨비가 놀라."

할아버지는 쉬지 않고 묵을 우물우물 씹어 먹었다.

"좀 천천히 드세요."

"저 방망이 들고 곧장 떠나거라. 케 켁! 아니다,
물부터 좀 떠다 주고."

소금이가 물을 뜨러 굴을 나서는데 뒤에서 할아버지가 고무신 한 짝을
벗어서 던졌다.

"거기다 떠 와."

소금이는 나뭇잎에 떠올 생각이었다. 조릿
대밭을 가로질러 첫내골 으뜸샘에 닿자 날다
람쥐와 까마귀가 먼저 와 있었다. 말하는 숯
덩이, 까마귀가 물었다.

"또 한 짝 잃어버렸어?"

"아니, 산신령 할이버지가 묵을
드시다가 목이 메어서 여기다 물
뜨러 왔어."

고무신에 물을 담아 재
빨리 돌아오니 세상에나,

할아버지가 묵을 다 먹어 버렸다.

"큰 거 한 모는 도깨비골에 가져갈 거였어요!"

소금이가 소리를 지르거나 말거나, 할아버지는 고무신 뒤축에 입을 대고 물을 벌컥벌컥 마셨다. 그런 다음 빈 보자기로 방망이를 돌돌 싸서 소금이 등에 비스듬하게 둘러매어 주었다.

조릿대

한쪽 끝은 오른쪽 어깨에 걸고 다른 끝은 왼쪽 겨드랑이 아래로 빼내 가슴에서 매듭을 지었다.

"얼른 갔다 와."

"혼자서요?"

"가서 김 서방을 찾아."

"머리카락이라도 하나 뽑아 주세요."

"뗵!"

소금이는 쫓겨나듯이 굴을 나왔다.

검정이가 뒤따라 나와서 말했다.

"아무나 만나서 퍼뜩 주고 와 버려. 내가 깔딱고개로 마중 나갈게."

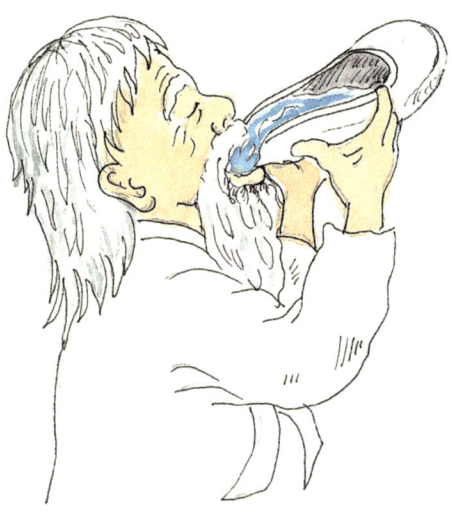

"가는 김에 대장도깨비는 만나 봐야지."

첫내골 으뜸샘에 날다람쥐가 아직 가지 않고 있었다. 소금이가 바위 비탈길로 오르자 슬금슬금 따라왔다. 그러더니 어느 결에 바위를 겅중겅중 건너뛰며 앞서 갔다.

"야, 하늘보자기! 너는 어디 가는데?"

"도깨비골."

"혹시 산신령님이 나랑 함께 가라고 했어?"

"아니."

"그럼 왜 가는데?"

"까마귀한테 부탁을 받았거든. 너랑 함께 가 주라고."

"까마귀? 말하는 숯덩이가 왜?"

멧비둘기

"걔는 멧비둘기한테 부탁을 받았대."

"멧비둘기는 왜?"

"멧비둘기는 어치한테, 어치는 파랑새한테, 파랑새는 물총새한테, 물총새는…… 별장 아저씨한테!"

"우리 아부지?"

파랑새

마침내 깔딱고개에 올라섰다. 도깨비골을 내려다보니 소나무가 꽉 우거져 있다. 솔가지가 구름처럼 뭉실뭉실하게 부풀어 골짜기를 가득 메우고 있었다.

날다람쥐가 소나무 높다란 가지 사이를 건너뛰며 골짜기로 내려갔다. 아름드리 소나무가 하늘을 가리고 있어서 한낮인데도 숲이 어두컴컴했다.

얼마쯤 내려가자 물소리가 졸졸졸 들려왔다. 실개울이었다. 개울물이 얼음처럼 맑고 차가웠다. 물속에 사금파리가 몇 조각 보였다.

"옛날에 여기 마을이 있었나 봐."

"조심해. 여기부터는 도깨비 마을이니까."

"여기 와 본 적 있니?"

"잣송이 찾아서 몇 번."

날다람쥐가 나무 위에서 말했다. 모습은 안 보이고 솔가지를 건드리는 소리만 났다. 개울 건너 숲 바닥에는 마른 솔잎이 폭신하게 깔려 있었다.

걷다 보니 문득 땅속 나라 마음버섯 숲이 떠올랐다.

어디선가 발가벗은 아이들이 솔잎에 물을 적셔 나타날 것 같았다.

그때였다.

"어디 가는데?"

누가 귓가에 속삭여서 고개를 돌려보니, 어깨 위에 굴뚝새 한 마리가 앉아 있다.

"안녕? 여기 사니? 나는 김 서방 아저씨를 만나러 왔어."

"따라와."

굴뚝새가 앞에서 포르르 날았다. 나무 사이로 요리조리 따라가자 커다란 바위가 앞을 막았다. 물오름재에 있는 마당바위처럼 넓적했다. 그 크고 넓적한 바위를 다른 뭉툭한 바위가 밑에서 다리처럼 받치고 있었다.

"옛날 무덤이야."

굴뚝새가 바위 위에서 말했다. 그런데 날다람쥐가 갑자기 나무 위에서 바위로 뛰어내리더니 굴뚝새를 냉큼 붙잡아 갉아먹기 시작했다.

"어, 뭐야? 굴뚝새한테 왜 그래!"

"이건 솔방울이야."

굴뚝새가 솔방울로 바뀌어 있었다.

"아까는 굴뚝새였어!"

"내 눈에는 처음부터 솔방울이었어."

소금이는 도무지 믿어지지 않았다.

둘레를 살펴보았다. 바위 뒤쪽에서 무슨 소리가 들렸다. 코 고는 소리였다. 머리털이 더부룩한 아저씨가 바위에 등을 기댄 채 자고 있었다.

옆에는 솔방울이 수북이 놓여 있었다.

"저기, 좀 일어나 보세요."

그래서는 못 깨운다는 듯이, 날다람쥐가 나무 위로 높이 올라가서 솔방울을 배 위로 떨어뜨렸다.

"엇! 누, 누구냐!"

더벅머리 아저씨는 눈을 뜨자마자 소금이를 보더니 솔방울을 한 움큼 집어서 던졌다. 솔방울들이 굴뚝새로 바뀌어서 날아다녔다. 날다람쥐가 재빨리 나무에서 뛰어내리자 굴뚝새가 모두 솔방울로 바뀌어 땅에 떨어졌다.

"뭐야, 이 다람쥐 녀석, 나무줄기에 꽁꽁 묶어 놓겠다!"

"잠깐만요, 아저씨가 김 서방 아저씨예요?"

날다람쥐가 소금이 뒤로 슬그머니 숨었다.

"김 서방이 어디 한둘이냐! 너희는 누구냐?"

"첫내골에서 왔어요. 보여 줄 게 있어서요."

소금이가 등에 멘 보자기를 끌러 바닥에 내려놓았다. 더벅머리 아저씨
가 다가와서 코를 킁킁거렸다.

"이게 무슨 냄새지?"

"아, 원래는 여기에 메밀묵도 쌌는데요, 산신령 할아버지가 다 먹어 버렸
어요."

아저씨는 소금이 말을 듣는 둥 마는 둥 급하게 보자기를 풀었다. 그러고 방망이를 보더니 뒤로 벌렁 나자빠졌다.

"깜짝이야! 이건 뭐야?"

"도깨비방망이요."

"뭣, 도깨비 잡는 방망이?"

아저씨가 방망이한테서 멀찍이 물러나 앉았다.

"도깨비 잡는 게 아니고요, 정말 모르세요? 요술 방망이 있잖아요."

"그런 방망이가 있어?"

소금이가 말문이 막혀서 날다람쥐를 바라보았다. 날다람쥐가 소금이 어깨 위로 조르르 올라와서 속삭였다.

"저 아저씨 도깨비 맞아. 빗자루 도깨비야."

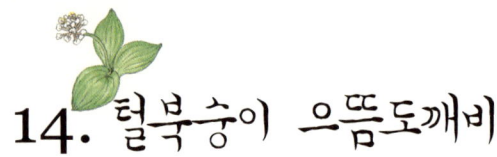

14. 털북숭이 으뜸도깨비

"이 숲에 혼자 사세요?"

"모두 모자바위 너머 개암골에 갔어. 돌아올 때가 됐으니까 조금만 기다려 봐."

그러면서 아저씨가 솔방울 하나를 공중으로 살짝 던져 올렸다. 그러자 솔방울이 굴뚝새로 바뀌더니, 보자기 끝자락을 부리로 물어 방망이를 덮어 버렸다. 그리고는 모자바위 쪽으로 바삐 날아갔다.

"아저씨, 이 방망이가 무서우세요?"

"다듬잇방망이도 아니고, 참 사납게 생겼네. 좋은 방망이는 아니지 싶다."

"다들 개암골에는 왜 갔는데요?"

"개암골에 물구멍이 생겼어."

"예에? 그럼 골짜기 물이 땅 밑으로 다 쏟아져요?"

"아니, 땅속 물이 위로 막 솟아 나와."

"정말이요?"

"물구멍이 둘인데, 한쪽에서는 차가운 물이 솟아 나오고 또 한쪽에서는 뜨거운 물이 솟아 나와."

"누가 뚫었는데요?"

"몰라."

"왜 뚫었는데요?"

"거참, 그걸 모르니까 알아보러 갔지! 한 번만 더 물으면 화낼 테다!"

빗자루 아저씨가 바위에 등을 기대며 눈을 감았다. 소금이는 솔방울이 어떻게 굴뚝새로 바뀌는지 궁금해서 솔방울 하나를 살며시 집어 들었다. 그때 빗자루 아저씨가 눈을 번쩍 떴다.

"그, 그냥 한번 던져 보려고요."

"왜?"

"굴뚝새로 바뀌나 보려고요."

"그럼 어디 던져 봐."

소금이가 옆으로 솔방울을 던졌다. 솔방울은 마른 솔잎 위에 툭 떨어졌다. 날다람쥐가 달려가서 주워 왔다. 이번에는 하늘로 살짝 던져 올렸다. 그대로 바닥에 떨어졌다. 아저씨가 키득키득 웃었다.

"솔방울로 팽이치기나 공놀이해 본 적 있어?"

"아니요."

"도토리나 굴밤으로 구슬치기는 해 봤어?"

"그런 거 하면 굴뚝새도 날릴 수 있어요?"

더벅머리 빗자루 아저씨는 대답 대신 자기 머리를 두어 번 헝클더니 다시 눈을 감았다. 머리카락이 수수이삭처럼 붉었다. 머리에 뿔이 있나 살펴보았지만 그런 것은 안 보였다.

"우르릉 쿵쿵 데굴텅데굴텅······."

갑자기 모자바위 쪽에서 돌 구르는 소리가 났다. 날다람쥐가 놀라서 소나무 위로 올라가 살폈다.

도토리

"떼로 굴러 오고 있어."

소금이는 재빨리 옛날 무덤 바위 위로 올라갔다. 하나둘이 아니었다. 둥근 돌, 모난 돌, 길쭉한 돌, 뭉툭한 돌, 납작한 돌, 삐죽한 돌, 오목한 돌······. 바위 바로 앞에까지 굴러 와서 하나같이 딱 멈추어 섰다. 그러더니 저마다 웅크렸던 몸을 풀었다. 돌덩이인 줄 알았더니 아니었다. 날다람쥐가 나무에서 내려와 소금이 어깨 위로 올라와서 속삭였다.

"모두 김 서방인데, 가운데 멍석 도깨비가 대장인가 봐. 옆으로 홍두깨, 삼태기, 호미, 괭이, 도리깨, 지겟작대기, 부지깽이, 주걱, 사발, 절굿공이······."

말을 듣고 보니 저마다 본디 모습이 조금씩 남아 있었다. 멍석 아저씨는 온몸에 지푸라기 같은 털이 북슬북슬 나 있고, 홍두깨 아저씨는 불그스름한 얼굴에 반질반질 윤이 흐르고, 지겟작대기 아저씨는 몸매가 호리호리

빼빼 말랐고, 절굿공이 아저씨는 튼튼한 어깨에 허리가 잘록했다.

"으뜸 김 서방, 쟤가 이상한 방망이를 메고 깔딱고개를 넘어왔어."

더벅머리 빗자루 아저씨가 털북숭이 멍석 아저씨에게 일러바치듯이 말했다. 털북숭이 아저씨가 성큼 나서서 보자기 끝자락을 휙 잡아챘다. 울퉁불퉁한 방망이 머리가 바닥에 쿵 떨어졌다.

"누구 이런 방망이 본 적 있어?"

모두 처음 본다는 얼굴로 방망이를 내려다보았다.

"이야기를 들은 적도 없어?"

그러자 키다리 도리깨 아저씨가 구부정한 어깨를 추스르며 말했다.

"아주 오래전에 타작마당 방울나무한테서 들었는데, 바다 건너 꼬마 귀신이 저런 혹방망이를 휘두르며 사람에게 해코지를 한대. 혹이 뾰죽뾰죽 돋은 거 보면 그 방망이 아닐까?"

갑자기 털북숭이 으뜸 김 서방 아저씨가 소금이를 가리키며 소리쳤다.

"저 꼬마 귀신을 당장 잡아 묶어라!"

말 떨어지기 무섭게 아저씨들이 달려들어 소금이를 굵은 소나무에 꽁꽁 묶었다. 보자기로 여러 번 감아 묶었는데도, 보자기 끝이 매듭을 짓고 한 뼘이나 남았다. 날다람쥐는 나무 꼭대기로 잽싸게 달아났다.

"저 귀신 아니에요! 저 너머 별장에 사는 소금이에요!"

"바른대로 말해. 그럼 이건 어디서 났지?"

"땅 밑에서요. 물꼬대왕님이 주셨어요."

"땅 밑에? 물꼬대왕이?"

"물에 떠내려온 것을 대왕님이 주웠대요. 물꼬대왕님은 산신령님한테 보여 주라고 했고, 산신령 할아버지는 김 서방 아저씨한테 보여 주라고 했어요."

소금이 말에 합죽이 주걱 아저씨가 방망이를 요모조모 살폈다. 냄새를 흠흠 맡아 보고, 혀도 살짝 대어 보았다.

"방망이에 갯바람 냄새랑 짠맛이 배어 있어. 산골에서 자란 나무는 아닌 것 같아. 그런데 땅 밑에는 왜 갔어?"

"함지골에 물구멍이 생겨서 물꼬대왕님한테 따지러 갔어요. 빨리 이것 좀 풀어 주세요!"

털북숭이 아저씨가 솔잎을 한 줌 집어 소금이 가슴에 뿌렸다. 그러자 보자기가 솔잎과 함께 바닥으로 스르르 흘러내렸다.

"이 방망이는 우리 것이 아니니까 도로 가져가거라."

"안 돼요. 그러면 산신령 할아버지가 성내실지도 몰라요."

"우리는 방망이 없이도 마음만 먹으면 뭐든 할 수 있어."

"그래도 혹시 쓸 데가 생길지 모르잖아요."

소금이가 방망이를 보자기에 싸서 털북숭이 아저씨 앞으로 살며시 밀었다. 옆에서 홍두깨 아저씨가 물었다.

"산신령님이 성을 자주 내니?"

"걸핏하면 소리를 지르고 그래요."

"바깥세상이 산신령님 마음이랑 다르게 돌아가니까 그러실 거야. 우리도 이따금 숲 밖으로 나가 보면 한숨과 짜증이 절로 나더라."

"참, 개암골에 생긴 물구멍은 어떻게 된 일인데요?"

"어떤 사람이 숲에 들어와 재주를 부렸어. 처음에는 샘물 공장을 차리려고 했는데, 뜨거운 물이 나오니까 생각이 더 사납게 바뀐 모양이야. 개암골을 온천으로 꾸미고 산자락을 허물어 골프장, 썰매장, 놀이 공원 따위를 지으려고 해."

"그러면 나무도 없어지겠네요?"

날다람쥐가 소나무 옆 가지에 앉아 물었다.

"그런 일을 두고 볼 수야 있나."

절굿공이 아저씨가 어깨를 가볍게 들썩이며 말했다.

"자 자, 그 일은 나중에 또 의논하기로 하고 꼬마 손님이 오셨으니까 잔치나 한 판 벌이자고!"

삼태기 아저씨가 숲으로 들어가더니 솔방울이랑 솔잎을 한가득 안고 왔다. 홍두깨 아저씨가 솔잎을 돌돌 말아 가래떡을 만들었다. 주걱 아저씨는 솔방울로 송편을 빚었다. 소금이가 송편 하나를 받아서 베어 먹었다. 송편 안에 고소한 솔씨가 들어 있었다.

"소금이라고 했지? 어디, 나랑 씨름 한 판 할까?"

홀쭉이 지겟작대기 아저씨가 말했다. 슬쩍 밀기만 해도 넘어갈 것처럼 호리호리했다.

"해 볼까요?"

잘하면 이길 수 있을 것 같았다. 그런데 씨름을 하려고 마주 서니 아저씨 키가 소나무 높이만큼 늘어나 보였다. 주눅이 드는 걸 꾹 참고, 시작하자마자 재빨리 다리를 걸어 밀었는데 도리어 소금이가 먼저 넘어져 버렸다. 아저씨들이 하나같이 큰 소리로 왁자그르르 웃었다.

"다시 해요. 키 늘이기 없기!"

다시 해도 마찬가지였다. 이번에도 다리걸기로 밀어붙이다가 소금이가 되레 맥없이 쓰러졌다. 날다람쥐가 얼른 뛰어와 소금이를 일으키며 소곤거렸다.

"그쪽 다리는 헛다리야. 다른 쪽 다리를 걸어."

아저씨들은 바닥을 뒹굴며 웃다가 덩실덩실 춤을 추며 좋아했다.

"한 판만 더 해요."

"하하, 또 지려고?"

이번에는 이겼다. 틈을 슬슬 엿보다가 왼 다리를 걸어 힘껏 밀어젖히자 지겟작대기 아저씨가 벌렁 나자빠졌다. 모두 잠깐 말을 잃었다.

"어, 제법인데? 이번에는 나랑 해 보자."

얼굴이 가무잡잡한 부지깽이 아저씨가 나섰다. 키가 소금이랑 비슷했다. 힘도 비슷했다.

서로 틈을 엿보며 한동안 팽팽하게 버티다가 소금이가 다리를 호미처럼 걸어 넘어뜨렸다. 요령을 알고 나니 쉬웠다. 모두 시무룩하게 손뼉을 쳤다. 괭이 아저씨가 말했다.

"씨름은 그만하고 인제 다른 거 해. 숨바꼭질 어때?"

말 떨어지기 무섭게 저마다 숨을 곳을 찾아 흩어졌다.

"잠깐, 술래를 정해야 하잖아요!"

한순간에 소금이만 덩그러니 남았다. 얼떨결에 술래가 되었다. 아저씨들이 소나무 뒤에 숨었나 살펴보고 돌이 되어 웅크리고 있나 둘러봐도 안 보였다. 하늘다람쥐도 안 보였다. 이 웃기는 보자기가 자기도 숨겠다고 함께 따라나선 모양이었다.

"하늘보자기!"

나무 위를 살피며 소나무 사이로 걸었다. 사락사락 솔잎 밟는 소리가 무척 크게 들렸다. 숲이 너무 조용했다.

"못 찾겠다, 꾀꼬리!"

걷다 보니 처음 자리에서 꽤 멀리 떨어졌다. 슬슬 무서웠다. 다시 처음 자리로 돌아가려니까 어느 쪽인지 헷갈렸다. 아름드리 소나무 사이를 이리저리 헤매고 다녔다. 헤매다가 몇 번이나 같은 소나무를 만났다.

"어디 숨었어요? 못 찾겠어요!"

소금이는 아무래도 같은 곳을 자꾸 돌고 있는 느낌이 들었다. 어디 물어볼 만한 동무 하나 안 보였다. 흔한 솔새 한 마리 안 지나가고 매미 소리도 멀리서만 들렸다. 언뜻 아름드리 소나무한테 물어봐야겠다는 생각을 했다.

신발을 벗고 소나무를 타고 올랐다. 굵은 줄기를 끙끙 오르고 나니 위에는 가지가 옆으로 뻗어 있어서 딛고 오르기 한결 수월했다. 꼭대기 가까이 오르자 앞이 훤히 트였다. 둘러보니 깔딱고개가 멀찍이 보였다.

"소나무님, 제 말 들리세요?"

대답이 없었다. 나이가 많아서 잘 안 들리는지도 몰랐다.

"안 들리세요?"

"크게 말하면 안 들려. 좀 소곤소곤 말해 봐."

"쭉 여기 이 자리에만 있었어요?"

"젊을 때는 많이 나돌아다녔지. 이제는 늙어서 못 그래."

"혹시 옛날 무덤이 어디 있는지 아세요?"

"알지. 저쪽에 나보다 더 늙은 나무 보이지? 옛날 무덤을 지키는 나무란다."

"고맙습니다, 나무 할아버지."

소금이는 얼른 나무에서 내려와 옛날 무덤 쪽으로 갔다. 여러 김 서방

아저씨들과 하늘보자기가 바위 둘레에서 거꾸로 소금이를 기다리고 있을 것 같았다.

그런데 아니었다. 방망이를 싼 보자기만 소나무 둥치에 비스듬히 기대어져 있었다.

혹시 바위 뒤쪽에 모여 있나 싶어서 뒤로 돌아가 보았다. 아무도 없었다. 그러다가 너럭바위를 받치고 있는 뭉툭한 다릿돌 사이로 둥그런 굴이 뚫린 것을 보았다.

"흠, 모두 저 안에 숨었군."

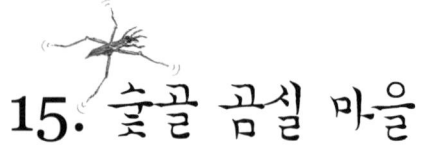

15. 숲골 곰실 마을

굴 안으로 들어섰다. 캄캄해서 아무것도 안 보였다. 그런데 몇 걸음 더 들어가자 갑자기 앞이 환하게 밝아졌다. 해를 마주 볼 때처럼 눈이 부셔서 앞이 온통 하얗게 보였다. 눈을 감았다가 다시 뜨자 집이 한 채 나타났다. 싸리나무로 엮은 사립문이 살짝 열려 있어서 발걸음이 저절로 마당으로 이어졌다.

방 한 칸에 부엌 한 칸, 좁은 앞마루가 딸린 오두막이었다. 마당 왼편으로 헛간이 있는데, 얼핏 보니 어둑한 구석에 삼태기 아저씨가 등을 보이며 웅크리고 있었다.

"힛, 거기 숨어 있으면 못 찾을 줄 알았어요?"

소금이가 달려가서 헛간을 들여다보니 삼태기 아저씨뿐 아니라 괭이와 호미, 지겟작대기 아저씨까지 벽에 몸을 기댄 채 숨어 있었다.

"거기 시렁 위에 멍석 아저씨랑 도리깨 아저씨도 들켰으니까 내려오세요!"

이번에는 부엌으로 달려갔다. 부엌 아궁이에서 부지깽이 아저씨를 찾고, 살강에서 사발과 주걱 아저씨를 찾았다. 그런 다음 빗자루와 홍두깨 아저씨를 찾아 마루로 왔을 때였다.

"너 누구얏!"

어디서 나는 소리인지 몰라서 두리번거리다가 얼결에 절굿공이 아저씨를 찾았다. 아저씨가 마당가 나무 절구통 안에 몸을 반만 감춘 채 숨어 있었다.

"도둑이야?"

사립문 옆 나무 위에서 나는 소리였다. 둥글넓적한 잎사귀 사이로 여자아이가 보였다.

"도둑 아니야."

"여기는 우리 집이야. 도둑이 아니면 왜 남의 집 헛간이랑 부엌을 기웃거려? 아까부터 지켜보고 있었어. 방문도 열어 보려고 했지?"

"홍두깨 아저씨를 찾으려고. 근데 왜 거기 올라가 있어?"

"저 날다람쥐 때문에. 아직 여물지도 않은 호두를 저 녀석이 자꾸 건드리잖아."

"어, 하늘보자기!"

날다람쥐가 사립문 바깥 넓적한 바위 위에서 나무 위를 넘보고 있었다. 그러고 보니 사립문 바깥에 옛날 무덤이 커다랗게 버티고 있었다. 솔밭 너머로 멀리 깔딱고개도 보였다. 어떻게 된 일인가 싶어서 다시 날다람쥐를 보았다. 날다람쥐가 소금이에게 알 수 없는 손짓을 하더니 옛날 무덤 안으로 쪼르르 사라졌다.

"하늘보자기, 기다려!"

그러자 호두나무 위에서 아이가 물었다.

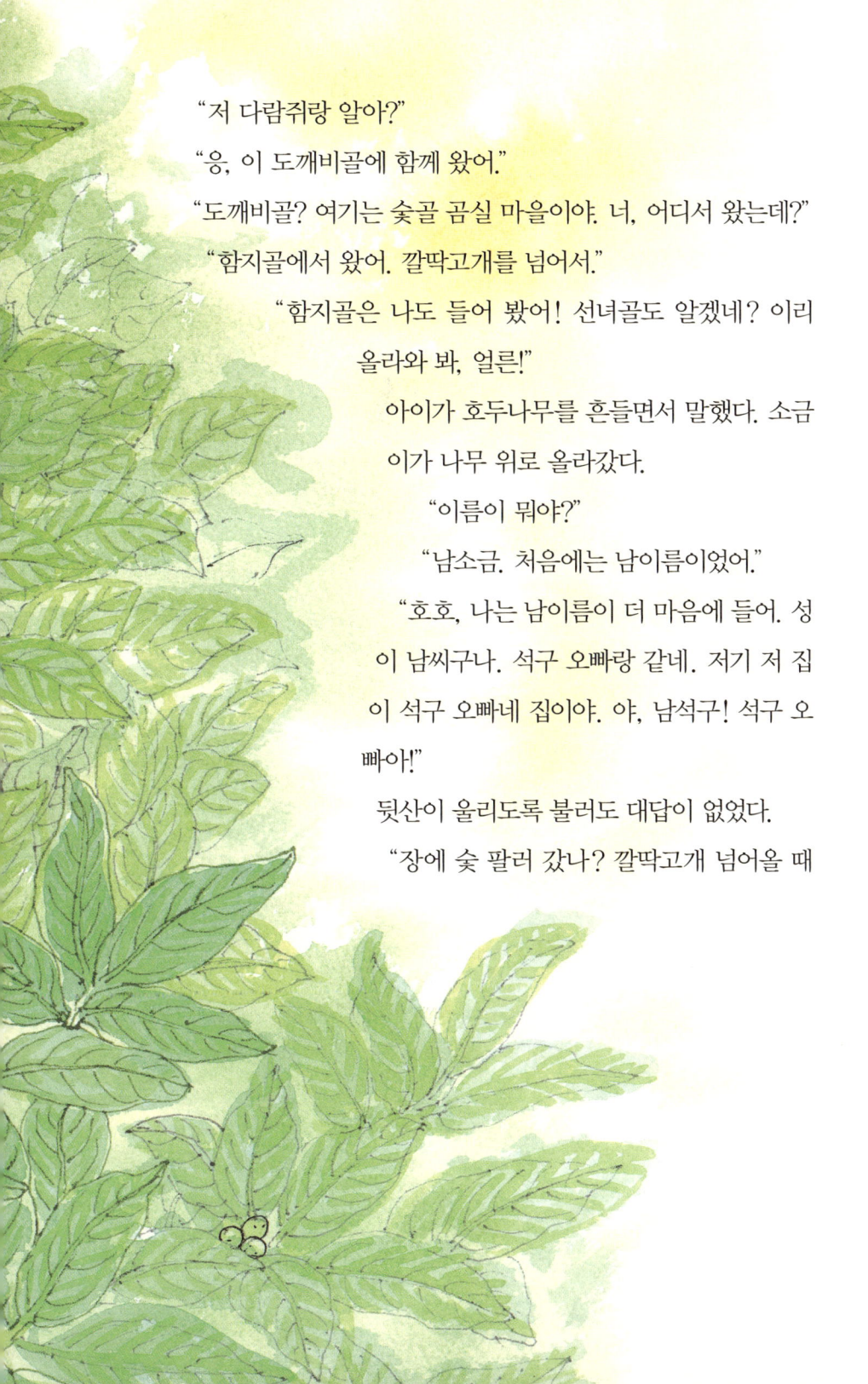

"저 다람쥐랑 알아?"

"응, 이 도깨비골에 함께 왔어."

"도깨비골? 여기는 숯골 곰실 마을이야. 너, 어디서 왔는데?"

"함지골에서 왔어. 깔딱고개를 넘어서."

"함지골은 나도 들어 봤어! 선녀골도 알겠네? 이리 올라와 봐, 얼른!"

아이가 호두나무를 흔들면서 말했다. 소금이가 나무 위로 올라갔다.

"이름이 뭐야?"

"남소금. 처음에는 남이름이었어."

"호호, 나는 남이름이 더 마음에 들어. 성이 남씨구나. 석구 오빠랑 같네. 저기 저 집이 석구 오빠네 집이야. 야, 남석구! 석구 오빠아!"

뒷산이 울리도록 불러도 대답이 없었다.

"장에 숯 팔러 갔나? 깔딱고개 넘어올 때

숯 지고 가는 아이 못 봤니?"

"못 봤어."

나무 위에서 둘러보니 마을이 아주 작았다. 집이 세 집뿐이었다. 두 집은 서로 붙어 있고 한 집은 따로 떨어져 있는데, 떨어져 있는 집이 석구네 집이었다. 남석구. 신기하게 소금이 아버지랑 이름이 똑같았다.

"너는 좋겠다. 나는 아직 깔딱고개 너머로 한 번도 못 나가 봤는데. 여기는 왜 왔어?"

"도깨비골에서 김 서방 아저씨들이랑 숨바꼭질하다가……. 인제 홍두깨 아저씨만 찾으면 돼."

"너, 도깨비들 만났니?"

"응."

"도깨비들이랑 숨바꼭질을 했어?"

"응, 내가 술래야."

"큰일이네. 도깨비한테 홀려서 아직도 정신을 못 차리는구나. 어떡하니? 집에는 돌아갈 수 있겠어? 석구 오빠가 있으면 데려다 줄 텐데. 어서 내려가자."

호두나무에서 마당으로 내려왔다. 마당가 절구통에 숨어 있던 절굿공이 아저씨가 그사이 사라지고 안 보였다.

"엄마랑 아버지가 숯막에서 돌아올 때가 되었어. 조금만 기다려. 밥부터 안쳐 놓고, 어떻게 하면 좋을지 생각해 보자."

그러면서 아이는 부엌으로 들어갔다. 소금이는 헛간으로 가 보았다. 삼태기 아저씨도 안 보이고 호미랑 괭이, 지겟작대기 아저씨도 안 보였다. 시렁에 있던 도리깨랑 멍석 아저씨도 안 보였다. 주걱이랑 사발, 부지깽이 아저씨가 있는 부엌 쪽으로 고개를 돌렸을 때였다. 세상에나, 부엌이 흐릿하게 사라지고 있었다. 마치 그림이 지워지듯이, 누군가가 지우개로 그림을 지우듯이, 마루도 사라지고 방문도 사라지고 지붕도 사라지고 있었다. 헛간 쪽을 보자 헛간도 사라지고 있었다. 호두나무는 벌써 사라지고 없었다. 이웃집도 없어지고, 마당도 조금씩 지워져 없어졌다.

소금이는 얼른 돌아서서 그새 사라지고 없는 사립문을 지나 옛날 무덤 쪽으로 뛰었다. 누가 커다란 지우개로 소금이를 지우려고 쫓아오는 것 같았다. 재빨리 너럭바위 아래 굴로 들어섰다. 까딱했으면 발뒤꿈치가 지워져 없어질 뻔했다.

굴 안은 캄캄했다. 캄캄하니까 오히려 마음이 놓였다. 마침 굴 저쪽 바깥에서 어떤 소리가 들렸다.

"쉿! 온다, 온다."

굴 앞에 김 서방 아저씨들이 모여 있다가, 안 그랬다는 듯이 재빨리 흩어졌다. 하늘보자기도 재밌다는 듯이 소나무 위로 부리나케 달아났다.

"혹시 아저씨들이 지웠어요?"

"뭘?"

"곰실 마을 말이에요."

"아니야. 근데 술래가 끝까지 찾지도 않고 딴짓을 하면 어떡하니? 아무튼 거기 너무 오래 있으면 안 돼."

홍두깨 아저씨가 말했다.

"왜요?"

"그냥 안 돼. 돌아오는 길을 잃을 수도 있고, 자칫하면 너를 잃어버릴 수도 있어."

"으, 나도 지워질 뻔했어요. 그 아이는 어떻게 됐어요? 부엌에 있었는데 집이랑 함께 사라졌어요! 지워지면 끝이에요?"

"그 아이는 처음부터 거기 살던 아이니까 괜찮아."

"다시 들어가서 한 번만 더 만나고 오면 안 돼요?"

"하하, 안 돼. 못 들어가."

소금이는 다시 들어가 보려고 옛날 무덤 바위기둥 사이를 살폈다. 그런데 어느새 굴이 막혀 있었다.

"누가 막았어요?"

"누가 막은 게 아니라, 숨바꼭질이 끝나면 저절로 막혀."

더벅머리 김 서방 아저씨가 나직이 말했다.

"그럼 숨바꼭질 한 번 더 해요!"

그러자 털북숭이 으뜸도깨비 멍석 아저씨가 나섰다.

"이제 함지골로 돌아가. 우리도

그만 놀 거야. 가서 산신령님한테 개암골에 물구멍이 두 개나 뚫렸다고 말해.”

“딱 한 번만 더 하면 안 돼요?”

“안 돼. 멧돼지 식구들도 찾아봐야 해. 개암골에 살다가 사람이 산을 파헤치는 바람에 어디론가 피해 갔는데 아직 간 데를 몰라.”

“혹시 사람에게 잡혀가지 않았을까요?”

날다람쥐가 물었다.

“그러니까 빨리 알아봐야 해. 그리고 저 얄궂게 생긴 방망이, 우리는 쓸 줄 모른다고 산신령님한테 말해. 사람들이 언제부터인가 도깨비방망이 이야기에 솔깃해 하는 줄은 알지만, 우리는 저런 방망이 안 써. 그래도 두고 가렴. 등 긁개로나 쓰게.”

“보자기는 주세요. 다음에 올 때 메밀묵 많이 싸 올게요. 그리고 숨바꼭질 꼭 다시 해야 해요.”

땅딸보 사발 아저씨가 방망이를 싼 보자기를 휘리릭 풀었다. 그런 다음 보자기를 신문 접듯이 반으로 착착 접으면서 중얼거렸다.

“쩝, 수수팥떡도 정말 맛있는데……”

“알았어요. 우리 아부지한테 말해 볼게요.”

그러자 사발 아저씨가 딱지만 하게 접었던 보자기를 던져 올렸다. 보자기가 이불만큼 커져서 너울거렸다.

“헤헤, 여기에 한 보따리 싸 와. 알았지?”

아저씨가 보자기를 다시 딱지 크기로 접어서 건넸다.

“보자기 늘리기랑 솔방울로 굴뚝새 날리는 것도 다음에 오면 가르쳐 주세요.”

“요 녀석아, 누구 맘대로!”

갑자기 털북숭이 멍석 아저씨가 소금이 머리로 팔을 쭈욱 뻗더니 머리카락을 한 올 뽑았다.

“아얏!”

그러더니 자기 붉은 머리카락도 한 올 뽑았다. 다른 아저씨들도 스스로 머리카락을 한 올씩 뽑았다.

“또 뭘 보여 줄 건데요?”

날다람쥐도 옆에서 묻다가 꼬리털을 여러 가닥 뽑혔다. 멍석 아저씨는 털을 가지런히 모아서 큼직한 손바닥으로 슥슥 비비더니 붓 한 자루를 만들어 냈다.

“앞으로 혹시 우리한테 뭐 알릴 일이 있으면 이 붓으로 알려.”

“어떻게요?”

“붓으로 글씨나 그림을 그려서 대문 밖에 붙여 놓으면 우리가 알게 돼.”

소금이는 아서씨한테서 붓을 받았다.

“뭐로 그려요? 먹물로요?”

“뭐든. 침을 묻혀 그려도 되고 맹물로 그려도 되고 풀물이나 열매즙으로 그려도 되고.”

“알겠어요. 아, 까먹을 뻔했다. 우리 집 앞에 꾸지뽕나무가 있는데요, 수

나무가 없어서 열매를 못 맺어요. 혹시
수나무 만나면 좀 알려 주세요."

"여기도 없을걸. 저 너머 개암골에는
있을지 몰라. 멧돼지 소식 알아보러 다
니다가 혹시 눈에 띄면 데려다 주마."

꾸지뽕나무

소금이는 김 서방 아저씨들한테 인사
를 하고 깔딱고개 쪽으로 걸음을 옮겼다. 날다람쥐가 나무 사이를 보자기
처럼 날며 앞에서 길을 잡았다.

맑은 개울을 건너고 비탈을 힘들게 오르자, 고갯마루에 검정이가 마중
을 나와 있었다.

"아무 일 없었어? 한참 기다렸어."

"도깨비 아저씨들이랑 숨바꼭질하느라 그랬어."

으뜸샘을 지나 호랑이굴에 닿으니 산신령 할아버지가 벽을 보며 앉아 있
었다.

"할아버지, 주무세요?"

"자긴 이 녀석아."

소금이가 도깨비골에 다녀온 이야기를 하자, 다 듣고 나서 엉뚱한 소리
를 했다.

"그 여자아이는 어떻더냐?"

"뭐가요?"

"떽, 고얀 녀석! 만나 보니 어떻더냐고!"

16. 임순영과 남석구

호미골 산밭에 닿았다. 콩밭에서 아버지가 콩잎을 따고 있었다.

"아부지, 뭐 해?"

"콩잎 장아찌 담그려고. 도깨비는 만났어?"

"응."

"왜 그리 힘이 없어? 무슨 일이 있어?"

"모자바위 너머 개암골에 누가 물구멍을 두 개나 뚫었대. 거기에 온천을 만들고 골프장을 세울 거래. 아부지는 몰랐어?"

"장에 갔다가 들었어. 어쩌자고 그 골짜기까지 들어와서 그러는지 모르겠다."

"골프는 꼭 산에서 쳐야 해?"

"글쎄, 그걸 왜 쳐야 하는지도 모르겠다. 할아버지는 뭐라셔?"

"산신령님은 내가 도깨비 아저씨들이랑 숨바꼭질한 이야기에만 관심이 있어. 딴 말은 안 했어."

"도깨비들이랑 숨바꼭질을 했어?"

"응, 내가 술래였는데, 아저씨들이 곰실 마을로 들어가 숨은 걸 내가 찾아냈어."

"숯골 곰실 마을?"

수숫대

"아부지도 가 봤어?"

"허, 김 서방들이 재주를 부렸나 보네."

아버지가 혼잣말처럼 중얼거렸다. 실바람이 불었다. 콩밭 뒤에 두 줄로 서 있는 수수가 구부정한 몸을 일렁일렁 흔들었다. 이삭이 조금씩 붉은빛을 띠면서 익어 가고 있었다.

"저 수수는 언제쯤 익어?"

"수수한테 물어보렴. 근데 왜?"

"익으면 수수팥떡 해 먹게."

"살살 말해. 수수가 듣는다."

"도깨비 아저씨들이 수수팥떡을 좋아한대. 메밀묵이랑 수수팥떡 해 가지고 다시 갈 거야. 또 숨바꼭질 해야지. 그러면 곰실 마을에 갈 수 있어."

아버지가 콩잎을 따다 말고 달팽이산 모자바위 쪽을 돌아보았다.

"참, 아부지! 곰실 마을에 아부지랑 이름이 같은 아이가 있어. 성도 같아. 혹시 장에서 숯짐 지고 숯 팔러 온 아이 못 봤어?"

"봤어. 곰실 마을에 여자아이는 없더냐?"

"있었어! 호두나무 위에 나랑 같이 앉아서 얘기도 했어. 근데 이름을 깜빡하고 안 물어봤네."

"무슨 얘기했는데?"

"내 이름, 소금이보다 이름이가 더 마음에 든대. 아, 그리고 깔딱고개를 넘어서 숯골 밖으로 나가고 싶다고 했어."

호두나무

"어땠어?"

"산신령 할아버지도 아부지랑 똑같이 물었어! 뭐가 어땠냐는 거야?"

"엄마랑…… 닮지 않았던?"

아버지가 콩잎을 보자기에 담으면서 툭 말했다.

"엄마? 엄마랑 왜?"

소금이는 잠깐 멍했다. 눈앞에 곰실 마을 여자아이 얼굴과 엄마 얼굴이 따로 나타나 하나로 포개졌다. 알 듯 말 듯한 얼굴이 웃고 있었다. 얼굴이 다시 둘로 나누어졌다. 아이 얼굴은 그대로인데 엄마 얼굴은 갈수록 흐릿해지면서 다른 모습으로 언뜻언뜻 바뀌다가 끝내 지워지려고 했다.

"그럼 그 여자애가……, 우리 엄마야?"

아버지는 콩잎을 담은 보자기를 둥개둥개 싸 묶었다.

"엄마가 곰실 마을에 살았어?"

"아부지도 거기 살았어."

아버지는 보따리를 옆구리에 끼고 성큼성큼 산길을 내려갔다. 아버지 그림자도 보따리를 끼고 급하게 따라갔다.

호랑지빠귀

171

"그럼 그 숯 파는 아이가 아부지야?"

숲 속에서 호랑지빠귀가 호리리리리 짝을 불렀다. 해가 숲 그림자를 모두 하나로 섞어 놓고 산 너머로 사라졌다. 새들은 쉴 곳을 찾아 저마다 나무로 깃들었다. 짐승들도 식구끼리 숲 속 잠자리에 들 것이다. 낮 동안 잠자코 있던 나무들이 천천히 기지개를 켜는 것 같았다.

"얼른 따라와. 집에 가서 말해 주마."

아버지 걸음을 따라 바삐 걸어도 소금이 걸음은 자꾸 뒤처졌다.

그런데 집에 오니 주인아저씨가 와 있었다.

"안녕하세요?"

"오냐, 잘 지냈냐?"

"예, 검정이도 산신령님이랑 잘 지내고 있어요."

"산신령이랑? 그게 뭔 소리냐? 네 아버지가 그러던?"

"진짜로 산신령 할아버지랑 지내요."

아버지는 부엌에서 저녁을 차리느라 바빴다.

"허허, 참. 너도 학교에 가야 할 텐데. 아버지한테 기껏 산신령이니 호랑이니 하는 이야기나 듣고 있으니, 원. 이봐, 남 씨! 내 저녁은 신경 쓰지 마. 오는 길에 술을 한잔했더니 생각 없어."

주인아저씨는 술 때문인지 기분이 좋아 보였다.

"어디서 술을 하셨는데요?"

"아, 요 너머에서 내 친구가 일을 하나 벌였거든."

"좋은 일인 모양이네요."

아버지가 상을 차리다가 끼어들었다.

"아직 소문 못 들었소? 맞아, 이건 산신령이 도왔어. 먹는 물 공장을 차리려고 땅을 뚫었는데, 뜨거운 물이 솟아나다니! 이런 행운이 세상에 어디 있겠나."

"물구멍 뚫는 걸 산신령님이 도왔다고요?"

소금이가 냉큼 물었다. 아버지가 찻주전자를 들고 주인아저씨 옆으로 왔다.

"소금아, 상 차려 났으니까 저녁 먹어. 사장님, 이거 요 앞 꾸지뽕나무 잎으로 달인 차인데, 마셔 보세요."

아버지가 찻잔에 차를 따랐다.

"꾸지뽕이라고? 음, 향이 괜찮군."

"그러니까 개암골에 온천이랑 골프장이 들어선다는 소문이 사실이군요."

"거기가 아주 아름다운 관광지로 바뀔 거요. 장에 나가서 들었소?"

"사장님이 벌이신 일이군요."

"쉿! 그런 말이 밖으로 새나가면 큰일 나요. 장관님 처지를 생각해서라도 내가 겉으로 드러나면 안 되지."

"혹시 장관님도 아셔요?"

"어허, 이 사람이 꼬치꼬치 따지기는! 입조심하라니까."

"참 걱정이네요."

"남 씨가 걱정할 일이 아니야. 남 씨는 저 아이 앞날이나 걱정해요. 참, 이번 주말에 장관님이 휴가차 쉬러 내려올 거니까, 위채 안팎으로 좀 치워 놔요."

주인아저씨가 바깥마당으로 내려섰다. 아버지가 따라나서면서 말했다.

"숲이 가만히 있지 않을 거예요."

"뭐, 숲이 어쩐다고?"

"나무랑 짐승들이 잠지 않을 거라고요."

"하하, 이 딱한 양반. 여기서 외따로 지내다 보니 숲이 무서워진 건가? 밤이면 산짐승이 내려와서 으르렁거리나?"

"제 걱정을 하는 것이 아닙니다. 소금이도 숲을 무서워하지 않아요."

"이봐, 남 씨. 나도 안 무서워. 남 씨는 세상살이에 너무 어두워. 그렇게 꽉 막혀서 어찌 살아갈 거요?"

주인아저씨가 손에 쥔 네모 단추를 누르자 집 밖에 세워 둔 자동차가 우웅 소리를 냈다. 아버지가 차 있는 데까지 따라가면서 말했다.

"숲이 이제 겨우 이 별장을 받아들이고 있는데, 골프장이라니요?"

"어허, 오늘 따라 왜 이런대? 마을에서 반대 바람이라도 불고 있소?"

"환경부 장관님도 그러시면 안 됩니다."

"뭐요? 남 씨, 말을 함부로 하는구먼. 남들이 뭐라 해도 남 씨가 나서서 막아야 할 판에!"

"잘못하시는 걸 가만히 보고 있을 수는 없지요."

"거, 그 고리타분한 생각 좀 고쳐요! 어이구, 답답해서 정말. 얼른 검정이나 붙잡아서 별장에 붙들어 매 놔요."

"말을 안 들어요. 검정이도 숲을 알아 버렸어요."

"그새 들개라도 되었다는 소리요?"

"들개가 아니고 호랑이가 되었어요."

"그렇게 사나워졌어요? 그러게 좀 일찍 찾아보지. 아무튼 데려다 놔요."

"아저씨, 안녕히 가세요."

주인아저씨는 소금이 인사도 안 받고 차를 몰고 가 버렸다.

아버지는 한숨을 쉬면서 저녁을 먹었다.

"아부지, 설거지 내가 할까?"

"아니야."

아버지가 설거지를 하는 동안, 소금이는 털북숭이 멍석 도깨비한테 얻은 붓으로 그림을 그렸다. 종이에 꾸지뽕잎 찻물로 그렸다. 뜨거운 물이 솟는 물구멍을 그려 놓고 그 밑에 이렇게 적었다. '산신령님이 도왔대요.'

176

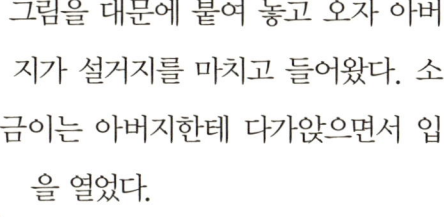

그림을 대문에 붙여 놓고 오자 아버지가 설거지를 마치고 들어왔다. 소금이는 아버지한테 다가앉으면서 입을 열었다.

"인제 곰실 마을 이야기해 줘. 그 여자아이 이름이 그림 임순영이야?"

"응, 곰실은 엄마랑 아버지가 태어나서 자란 마을이야."

"그 마을이 아직 그대로 있어?"

"그건 도깨비 아저씨들이 재주를 부려서 너한테만 보여 준 거야. 벌써 오래전에 없어진 마을이지. 숯골도 도깨비골로 이름이 바뀌었어."

"나는 곰실이 좋던데. 근데 엄마는 왜 밖으로 나오고 싶어 했을까? 엄마가 깔딱고개를 안 넘었으면 좋을 뻔했어."

"아버지도 가끔 그런 생각이 들어. 그런데 엄마는 도시로 나가 돈을 벌어서 달팽이산을 사겠다고 마음먹었어. 숯막에서 날마다 새카맣게 일을 해노 산 임자한테 죄다 떼였거든. 그러니 하루 끼니 잇기도 빠듯했어. 네 엄마가 깔딱고개 넘어 마을을 떠날 때가 열다섯 살이었지."

"그래서 달팽이산을 샀어?"

"아니. 안 사도 달팽이산은 엄마 산이야. 우리 산이지."

"도시에서 돈을 못 벌었어?"

"도시에는 산 임자보다 더 무서운 임자들이 수두룩해. 십 년 뒤에 내가 도시로 찾아가 보니 엄마는 물 먹은 숯 토막처럼 돼 있었어. 은방울꽃 같던 눈빛이 덫에 걸린 산토끼 눈빛처럼 떨고 있었지."

"엄마가 많이 아팠어?"

"응, 아버지는 그런 엄마를 두고 곰실로 돌아올 수가 없었어. 함께 곰실로 오고 싶었는데 도시가 엄마를 놔 주지 않았어. 우리는 함께 살면서 언젠가 곰실로 돌아갈 꿈을 꾸었지. 몇 년 뒤에 네가 태어났어. 그때만큼 행복하던 때가 또 있을까?"

"그런데 엄마는 왜 또 집을 나갔어?"

"엄마 병이 깊어졌거든. 도시가 엄마 정신을 훔쳐 가 버렸어. 도대체 도시가 엄마한테 무슨 짓을 했는지. 엄마는 그걸 되찾으려고 나간 거야."

"아직도 못 찾았을까?"

"글쎄다. 어디서 헤매고 있는지……. 도시가 하도 넓어서 엄마를 찾을 수가 없어."

"정신만 찾으면 엄마 돌아오는 거지?"

"그럼. 틀림없이 이리로 올 거야."

수리부엉이

"달팽이산 안 사도 되니까 빨리 오면 좋겠어."

"그러게 말이다. 우리 셋이 곰실에서 살면 얼마나 좋을까."

"햐, 도깨비 아저씨들도 같이!"

호미골 쪽에서 수리부엉이가 '부우 부부우우' 울었다.

17. 숲이 말을 안 해

다음 날 아침, 소금이가 눈을 뜨자 천장이 빙그르 돌았다. 이부자리에서 일어나니 방바닥이 울렁울렁 너울거렸다. 밤새껏 꿈을 꾼 것 같은데, 하도 뒤죽박죽으로 꾸어서 제대로 생각나는 꿈은 하나도 없었다. 마당으로 나와서 낯을 씻었다. 이마가 뜨거웠다.

"아부지, 이마가 뜨거우면 감기야?"

아버지가 마당가 풀을 뽑다가 이마를 짚어 보았다.

"열이 더 오르지는 않았네. 고단해서 그럴 거야. 자면서 헛소리를 하더라. 밥 먹고, 냄비에 달여 놓은 물 한 잔 마셔."

소금이는 밥 먹고, 냄비 속 약초 물 한 잔 마시고 대문을 나섰다.

"소금아, 고마워. 저기 좀 봐."

집 앞 꾸지뽕나무가 가리키는 곳에, 못 보던 꾸지뽕나무 한 그루가 서 있었다.

"도깨비 아저씨가 데려다 주었구나! 어디 있었니?"

"해넘이고개 아래 부채골에."

수나무가 말했다. 암나무보다 조금 어려 보였다.

"해넘이고개? 혹시 해맞이고개를 말하니?"

"우리 쪽에서는 그렇게 말해."

"그렇구나. 거기 혹시 개암골에 살던 멧돼지 식구 안 갔니?"

"왔어. 부채골 바람목에 자리를 잡았어. 어린 멧돼지가 다 자라면 개암골로 돌아갈 거라고 이를 갈더라."

"거기까지 갔구나."

멧돼지가 식식대는 모습이 눈앞에 저절로 떠올랐다.

잔별늪으로 갔다. 아무도 없고 황소개구리 혼자 느릿느릿 물을 휘젓고 있었다.

"혼자 있니?"

"응, 모두 생각을 모으러 갔어."

"어떤 생각?"

"환경부 장관이 오면 무엇을 어떻게 할지."

"어, 장관님이 별장에 오는 줄 어떻게 알았대?"

"지금 그게 궁금하니? 강에 배가 다닐지도 모르는데."

"배? 낚싯배?"

"아니, 짐을 실어 나르는 큰 배."

"누가 그래?"

"물도깨비가."

"물속에도 도깨비가 있어?"

떡붕어

180

"떡붕어가 강어귀 애기부들 숲에서 만났대. 배가 다닐 수 있게 강바닥을 파헤치고 산 밑을 뚫어서 물길을 마음대로 바꾼대."

"물도깨비가 왜 그런대?"

"물도깨비가 아니라 사람이!"

"사람이?"

"그래서 그 일로 물속 식구들이 모두 무지개소에 모여 있어."

"숲 속 식구들은?"

"해맞이고개에 모이기로 했대."

"머리가 안 어지러우면 무지개소까지 헤엄칠 수 있겠는데, 지금은 머리에 열이 있어."

"네가 거기까지 찾아올까 봐 여기서 기다렸어. 그러지 말고 해맞이고개에나 가 보렴."

소금이는 황소개구리와 헤어져 함지골로 걸었다. 해맞이고개에 가려면 함지골로 해서 엄나무재를 거쳐 산등성이를 타야 한다. 가는 길에 옴개구리를 만났다. 질척한 돌미나리밭에 혼자 웅크리고 있었다.

"어, 팥떡! 너는 왜 안 갔어?"

"왼돌이가 갔어. 왼돌이가
내 생각을 대신 말해 줄 거야."

"어떤 생각?"

"마땅한 길이 없으면
내 몸속 붉은 구슬을 꺼내
개암골 물구멍을 막으라고."

"야, 무서운 소리 하지 마!

181

네가 똥으로 누지 않는다면 그럴 일은 없어. 그래서 그렇게 맥이 빠져 있니?"

"암만 애를 써도 구슬이 안 나와."

"괜찮아. 구슬 아니라도 길이 있을 거야. 내가 장관님한테 말해 볼게."

그러고 있는데 낯선 토끼 한 마리가 바람을 일으키면서 달려와 섰다.

"네가 소금이지? 산신령님이 급하게 찾으셔."

"너는 누군데?"

"나는 솔바람. 소나무에 부는 바람처럼 빨리 달려서 솔바람이야. 저어기 부채골에 살아. 멧돼지랑 같이 해넘이고개 모임에 왔어."

"산신령님도 거기 왔어?"

"아니, 검정이라는 개가 너를 찾아왔어. 그래서 나도 함께 찾으러 나선 거야. 검정이는 별장으로 달려갔는데 아직 안 오네."

"산신령님이 왜 오래?"

"몰라. 아무튼 성이 이만큼 나셨대."

그러면서 자기 귀를 한껏 세워 보였다.

"팥떡아, 그러고 있지 말고 솔바람이랑 해맞이고개로 가."

"그래, 함께 가자."

솔바람이 몸을 낮추자 팥떡이 마지못해 등에 올라앉았다.

"털을 꽉 물고 있어. 간다."

솔바람이 풀덤불 사이로 바람처럼 휑 사라져 버렸다. 억새 풀잎이 살짝 흔들리다가 말았다.

소금이는 호랑이굴 쪽으로 걸었다. 첫내골과 선녀골 갈림길에 닿았을 때 뒤에서 검정이가 달려왔다.

"어디 있었어? 솔바람 봤어?"

"응, 팥떡이랑 해맞이고개로 갔어. 근데 산신령님이 나를 왜 찾을까?"

"모르겠어. 새벽에 땅딸보 사발도깨비가 다녀갔는데, 그 뒤로 기분이 안 좋으셔."

"그 아저씨가 왜 왔지? 개암골에 또 무슨 일이 생겼나?"

소금이는 서둘러 걸음을 옮겼다. 검정이가 따라붙으면서 말했다.

"근데, 솔바람 정말 잘 달리지?"

"너도 잘 달려."

"솔바람은 어릴 적에 덫에 걸려서 왼쪽 뒷다리 발목을 잃었대. 그래서 천천히 걸을 때는 아직도 다리를 절뚝거려. 하지만 씩씩하게 자라서 지금은 부채골에서 가장 빨리 달리는 토끼가 되었대."

"나는 다리를 저는 줄도 몰랐어. 이름처럼 정말 날쌔게 달리더라."

호랑이굴에 닿았다.

"할아버지, 저 찾았어요?"

할아버지는 머리가 아픈지 개머루덩굴로 이마를 동여매고 있었다.

"고얀 녀석, 잘 왔다. 내가 뭐 어쨌다고?

물구멍 뚫는 걸 내가 도왔다고?"

개머루덩굴

할아버지가 물수리 깃털을 휙 휘두르자 세찬 바람 한 자락이 소금이 가슴으로 날아와서 꽂혔다. 그 바람에 소금이가 휘딱 나자빠졌다.

"주인아저씨가 그랬단 말이에요. 그리고 깃털은 그렇게 쓰는 거 아니에요!"

"야, 이 녀석아, 내가 그딴 일을 왜 도와? 에고, 머리가 아파서 소리도 못 지르겠네. 뜨듯한 물에 좀 들어가 앉았으면 좋겠어. 이 여름에 왜 이리 몸이 으슬으슬 떨릴까."

"감기 드셨어요? 저도 감기가 들었는지 머리가 살짝 어지러워요. 할아버지, 저랑 개암골에 멱 감으러 가실래요?"

"뭣이? 예끼, 요 생각 없는 녀석!"

할아버지가 다시 깃털을 휘두르자 검정이가 재빨리 소금이 앞으로 뛰어들면서 바람을 대신 맞고 쓰러졌다.

"검정아, 괜찮아?"

소금이가 검정이를 일으켰다. 할아버지가 언뜻 놀란 눈으로 중얼거렸다.

"검정이만도 못한 녀석."

"어, 방금 검정이라고 했어요?"

"네 녀석이 검정이라며!"

“맞아요. 할아버지도 검정이로 보여요?”

그러자 할아버지가 부드럽게 검정이를 불렀다.

“호랑아, 이리 오너라. 앞으로는 저런 녀석 대신 나서지 마.”

할아버지는 검정이를 타고 굴 밖으로 나갔다.

“잠깐만요, 저 좀 해맞이고개로 데려다 주세요!”

하지만 소금이 말을 들은 체도 않고 휙 사라져 버렸다.

소금이는 굴을 나와서 선녀골 산등성이를 보고 걸었다. 해맞이고개로
갈 길이 까마득했다. 산길을 얼마쯤 오르자 아래로 선녀골 바위골짜기가
보였다. 물이 골짜기를 흘러내리며 군데군데 둥그렇게 바위웅덩이를 만들
어 놓았다. 선녀가 내려와서 멱 감기 딱 좋은 웅덩이.

“소금아, 어디 가?”

고라니 ‘그러니’가 불쑥 나타났다.

“어, 해맞이고개에. 너는 안 갔니?”

"벌써 다 헤어졌어. 거기서 오는 길이야."

"모두 어떻게 하기로 했어?"

"그건, 다른 동무한테 물어보렴."

고라니가 바쁘다면서 수풀 속으로 사라졌다. 소금이는 길을 바꾸어 함지 골 쪽으로 걸었다. 내려오는 길에 떠버리 어치를 만나 다시 물어보았다.

"그게 그러니까 어, 어떻게든 하기로 했어."

어치가 우물쭈물 얼버무리면서 날아가 버렸다.

만나는 동물마다 대답을 시원하게 안 해 주었다. 소금이를 보자마자 웬 일인지 슬슬 피하기 바빴다.

"산딸나무야, 무슨 일인지 아니?"

나무들도 하나같이 말을 하지 않았다.

함지골을 지나 잔별늪으로 갔다. 황소개구리가 눈 만 내놓고 있다가 물속으로 스르르 사라졌다. 물 위 로 자주 튀어 오르던 피라미들도 무슨 일인지 잠잠했다.

산딸나무

집으로 왔다. 몸이 으슬으슬 떨렸다.

"아부지, 숲이 이상해. 자기들끼리 어떤 생각을 모았는데, 나한테는 말 을 안 해."

"무슨 일로 생각을 모았는데?"

"개암골 물구멍 때문이지. 장관님이 오는 것도 알고 있어. 잔별늪에서는 강이 파헤쳐지고 큰 배가 다닐지도 모른대."

"할아버지는 뭐라셔?"

"할아버지도 기분이 많이 안 좋아. 개암골에 뜨거운 물 솟아나는 거 할 아버지가 도왔다고, 내가 김 서방 아저씨들한테 말했거든."

"주인아저씨가 한 말을 고대로 옮겼구나. 할아버지가 그럴 리가 있겠니."

"그렇다고 그렇게 성을 낼 줄은 몰랐어. 물수리 깃털로 바람을 일으켜서 나를 자빠뜨렸어. 할아버지가 몸살감기를 만났는데, 그 바람에 나도 옮았나 봐. 몸이 으슬으슬 추워."

"할아버지가 감기 드셨어? 약을 좀 달여 드려야겠네."

"나도 옮았다니까."

"알았어. 그나저나 큰일이구나. 숲 속 식구들이 장관님한테 나쁘게는 안 해야 할 텐데."

"멧돼지가 장관님 차로 달려들면 어떡해? 무슨 꿍꿍이인지 아무도 말을 안 해. 할아버지도 별나게 성을 내고."

"어쩌면 할아버지는 사람이 미워져서 너한테 더욱 성을 냈는지 몰라. 옛날에는 도와주고 싶은 사람이 많았을 텐데, 지금은 도와주기 싫은 사람이 자꾸 많아지니까. 혹시 나무들한테는 물어봤니?"

"응, 똑같이 말을 안 해."

"이거 참, 걱정이구나."

18. 장관님 골탕 먹이기

이틀 동안 비가 내렸다. 첫날에는 하늘이 쩍쩍 갈라지듯이 번갯불이 번쩍이고 천둥소리가 숲을 흔들었다. 굵은 빗방울이 땅을 두드렸다. 바람이 쉬지 않고 빗줄기를 흔들었다. 빗줄기가 대숲처럼 일렁거렸다.

소금이는 몸이 오슬오슬 떨려서 방에만 있었다. 몸은 추운데 이마와 등에서는 땀이 배어 나왔다. 아버지는 약을 달여서 빗속을 뚫고 호랑이굴에 다녀왔다.

"산신령님은 어떠셔?"

"많이 나으셨더라. 손수 약풀을 찾아 드셨대. 네 이야기를 했더니 약해 빠진 녀석이라며 혀를 차시더라."

"검정이는?"

"검정이는 이제 정말 호랑이 같더라. 함지골까지 따라와 주었어."

둘째 날에는 비가 참 곱게 내렸다. 빗줄기가 부추 잎처럼 가늘게 내렸다. 바람도 순했다. 나무들은 꼼짝 않고 서서 비를 맞았다. 모두 똑같이 한 가지 생각을 하고 있는 것처럼 보였다. 여느 때 같으면 기다렸다는 듯이 멀리까지 쏘다니곤 할 텐데, 마치 힘을 모람모람 아끼듯이 저마다 자리를 지켰다.

"숲이 너무 조용하구나."

아버지가 말했다. 비가 누그러지고 안개가 걷히면 직박구리나 때까치가 먼저 나와 떠들곤 하는데, 새소리도 안 들렸다.

소금이는 몸이 한결 덜 떨려서 껴입고 있던 긴 소매 옷을 벗었다. 집 앞으로 나오자 꾸지뽕나무가 물었다.

"내일 틀림없이 오니?"

"장관님? 응. 그런데 너희끼리 무슨 일을 꾸미고 있지? 뭔데?"

"미안해. 그건 아직 말할 수 없어."

"그럼 내 말 좀 숲에 알려, 장관님한테 해코지하지 말라고."

소금이는 다시 방으로 들어왔다. 몸이 조금 오스스했다.

다음 날에는 해가 보였다. 얇은 솜구름이 징검다리처럼 드문드문 떠 가다가 잠깐씩 해를 가렸다. 해는 구름 뒤에서도 훤히 빛났다. 아버지는 아침 일찍 집 안팎을 치워 놓고 장관님을 기다렸다. 소금이는 잔별늪에 가 보려고 집을 나섰다.

"아직 물에 들어가면 안 된다."

"무슨 일이 있나 둘러보기만 할 거야."

멱 감기 딱 좋은 날이었다.

잔별늪에 닿았다. 아무도 안 보였다. 그런데 나루터에 못 보던 돛단배가 한 척 매여 있었다. 종이배처럼 하얗고 가벼워 보였다. 돛이 나비 앞날개를 닮았다. 흰나비가 날개를 접고 앉아 있는 모습이었다.

"첫새벽에 사람 여럿이서 끌어다 놓고 갔어."

물가 호랑버들이 말했다.

"여기서 놀던 동무들은 어디 갔어?"

"몰라. 몇몇은 별장 쪽으로 개울을 거슬러 가던데."

호랑버들

소금이는 다시 별장으로 걸었다. 걷다가 달팽이산을 올려다보았다. 첫내골과 선녀골에서 안개가 잠뿍 피어올랐다. 안개는 산이 내뿜는 입김일까. 문득 산이 어마어마하게 큰 달팽이 같다는 생각이 들었다. 그렇다면, 모자바위 너머 개암골 물구멍은 달팽이 등에다 뚫은 구멍이었다.

"아부지, 나루터에 배가 있어. 봤어?"

"장관님이 타실 모양이더라."

장관님은 점심때가 되도록 안 왔다. 기다리다가 점심을 먹고 있는데 전화가 왔다.

"아, 예, 장관님. …… 예? 그럴 리가요. …… 예, 제가 나가 보겠습니다."

아버지는 얼른 밥그릇을 비웠다.

"별일이네. 장관님이 오시다가 길을 잃었대. 수돗물 취수장과 별장으로 갈라지는 갈림길이 안 보여서 여태 헤매셨다는구나."

아버지가 서둘러 나갔다.

소금이가 밥을 다 먹고 마당으로 나오자, 그새 장관님 차가 집 앞에 막 닿았다. 온통 흙탕물을 뒤집어쓴 차에서 운전사와 장관님이 내렸다.

"어우, 이게 무슨 일이람. 글쎄 이 길이 맞다 싶어서 오다 보면 막다른 길이고, 돌아서 가다 보면 또 막다른 길이고, 얼마나 뺑뺑 돌았는지 몰라. 얘야, 잘 지냈니?"

"예, 장관님도요?"

"그래, 그런데 나는 너무 바빴단다. 좀 쉬러 왔더니 오는 길에 더 지쳐 버렸어."

아버지는 꾸지뽕나무를 힐끗 보았다.

"사장님은 안 오시고요?"

아버지가 물었다.

"아, 나중에 오겠다고 했어요. 김 과장은 인제 돌아가서 쉬어요. 운전하느라 힘들었겠어. 그런데 차에 달린 저 기계 엉터리 아니야? 길 안내를 뭐 그따위로 하지? 저 기계 고장 아닌지 좀 알아봐요."

장관님은 옷을 갈아입으려고 방으로 들어갔다. 아버지는 장관님 짐을 차에서 내려 집 안으로 날랐다. 김 과장 아저씨는 차에 튄 흙탕물을 물로 씻었다. 소금이는 꾸지뽕나무한테 다가가서 나직하게 말했다.

"저 아저씨 돌아갈 때는 그러지 마. 주인아저씨 올 때도! 그런데 동물들은 무슨 일을 꾸몄대?"

"알아도 말 못 해."

김 과장 아저씨는 차를 씻고 별장을 떠났다. 군데군데 물이 고여 있는 흙길로 조심조심 차를 몰았다. 그렇게 차가 막 안 보일 때였다.

"으아아! 남 씨, 남 씨!"

장관님이 방에서 소리쳤다. 소금이가 얼른 방으로 달려갔다. 장관님이 욕실 문 앞에 서서 변기를 가리켰다.

"저기, 저 안에!"

소금이가 안을 살펴보니 맑은 물이 고여 있었다.

"그 안에 미꾸라지 없니?"

"없는데요."

"미꾸라지가 바글바글했어. 내가 잘못 봤나?"

장관님이 주춤주춤 들어와서 안을 살폈다. 소금이는 문을 닫고 나왔다.

"얘, 가지 말고 거기 있어."

"예, 걱정하지 마세요."

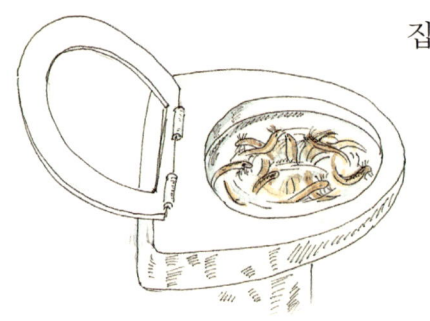

집 앞 도랑에 사는 미꾸라지들이 어떻게 변기 안에까지 들어왔을까? 소금이는 방 안을 찬찬히 살폈다. 혹시 능구렁이나 고슴도치가 숨어 있을지도 몰랐다.

장관님이 볼일을 마치고 손을 씻는지 안에서 물소리가 쏴 났다.

"아악, 이거 뭐야? 아어우우으!"

장관님이 손을 내저으며 뛰어나왔다.

"왜 그러세요?"

"거머리! 수도꼭지에서 거머리랑 실지렁이가 쏟아졌어."

소금이가 쏟아지는 물을 손바닥으로 받아 보았다. 맑은 물이었다.

"내가 너무 지쳐서 헛것이 보였나?"

소금이는 마땅한 말이 떠오르지 않았다. 그때 밖에서 차 소리가 들렸다. 이윽고 요리사 옷을 입은 사람 둘이서 음식을 날라 왔다.

"내가 시켰어. 너도 같이 먹자."

"저는 점심 먹었어요."

"그럼 옆에 있어. 또 무슨 일이 생길지 마음이 안 놓인다. 과일이라도 좀 먹으렴."

장관님이 과일 접시를 소금이 앞으로 옮겨 주었다. 그리고 자기는 고기 접시를 앞으로 당겨서 갈비를 집어 들고 먹었다.

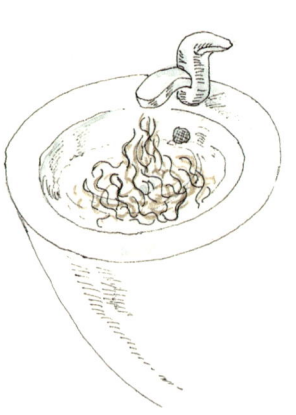

"고기가 부드럽네. 너도 하나 먹어 봐."

"저는 바나나 먹을래요."

소금이는 바나나를 하나 집어서 껍질을 벗겼다.

"고기도 자주 먹어 봐야 맛을 알지."

장관님은 소갈비를 맛있게 뜯어 먹었다. 소금이는 바나나를 한 입씩 베어 먹었다. 그런데 언뜻 보니 장관님 오른편에 토끼가 한 마리 점잖게 앉아서 갈비를 뜯고 있었다. 소금이가 어쩔 줄 몰라 하는데 장관님이 먼저 말했다.

"얘, 너는 풀 먹고 사는 동물이잖아. 그런데 갈비를 먹어?"

그러든지 말든지 토끼는 뻐드름한 앞니로 갈비를 뜯었다. 장관님도 갈비를 뜯으며 이번에는 왼편을 보고 말했다.

"어, 너도 풀을 먹어야 옳잖아."

장관님 왼편에는 고라니가 앉아서 갈비를 뜯고 있었다. 소금이가 보다 못해 소리쳤다.

"야, 너네 이러지 마!"

그 바람에 장관님이 제정신을 차렸다. 밖으로 어슬렁어슬렁 나가는 고라니와 토끼를 보더니 갈비를 내던지며 늑대처럼 소리를 질렀다.

"어우우우! 이게 대체 어찌 된 일이람. 너도 봤지?"

"냄새를 맡고 왔나 봐요."

"갈비 뜯어 먹는 거 봤지?"

"그건 그냥, 장관님을 따라 한 거예요. 걔들은 원래 고기 안 먹어요."

"보고도 그러니? 이건 뭔가 크게 잘못되었어. 토끼가 고기를 먹다니! 먹고 싶은 마음이 싹 없어지네. 그런데 이건 무슨 요리지? 바닷가재는 아니고."

장관님이 둥글넓적한 접시에 담긴 요리를 젓
가락으로 건드렸다. 그러자 자라가 등껍질 속
에서 머리와 다리를 슬그머니 내밀었다.

"어머낫!"

장관님이 깜짝 놀라서 젓가락을 떨어
뜨렸다. 그러고는 팔을 벌벌 떨며 아버지
를 찾았다. 아버지가 들어와서 자라를 붙들고 나갔다.

"후유, 요리사가 그러지는 않았겠지?"

"아무도 안 그랬어요. 자라가 스스로 한 일이에요."

"자라를 아니?"

"예, 잔별늪에 살아요. 아까 그 토끼는 해맞이고개 아래에 살고요, 고라

니는 첫내골에 살아요."

"걔들이 나한테 왜 이런다니?"

"한번 잘 생각해 보세요."

"마치 도깨비한테 홀린 기분이야."

옻나무

마당으로 나왔다. 아버지가 마당가에서 어떤 나무
를 붙잡고 힘을 쏟고 있었다.

아버지는 집 밖으로 내보내려 하고 나무는 그 자리에 있으려고 버텼다.
장관님이 보고 물었다.

"그게 무슨 나무요?"

"옻나무인데요, 이 녀석이 자기 자리도 아닌데……."

"옻나무요? 에그, 안 뽑히면 베어 버려요. 나는 옻을 많이 타는데, 대체

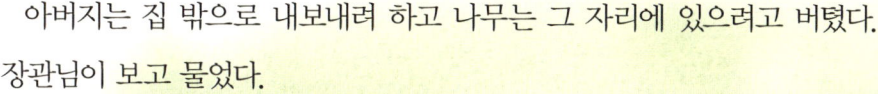

누가 심었지?"

"제가 알아서 하겠습니다. 잔별늪으로 바람이나 쐬고 오시지요."

"그래야겠어. 배를 타면 기분이 좋아질 거야. 이름을 소금이로 바꾸었다고 했나? 소금이도 갈래?"

소금이는 장관님과 함께 잔별늪 쪽으로 걸었다. 그런데 늘 오가던 길이 어쩐지 낯설었다. 가만히 보니 나무들이 자꾸 엉뚱한 곳으로 길을 내고 있었다.

"야, 짓궂게 이러지 마."

소금이가 말했다. 그래도 길은 자꾸 다른 데로 이어졌다.

"숲이 이상해. 그만 돌아가자."

하지만 장관님은 돌아서자마자 외마디소리를 내질렀다. 숲에 사는 동물들이 돌아가는 길을 꽉 메우고 다가오고 있었다. 멧돼지 식구가 맨 앞에서 걸었다. 장관님은 놀라서 달아났다. 소금이가 팔을 벌리면서 말했다.

"이러지 마! 이건 좋은 방법이 아니야."

동물들은 소금이를 그대로 지나쳐서 장관님을 따라갔다. 소금이는 얼결에 맨 뒤에서 따라갔다. 장관님은 맨 앞에서 나무들이 내어 주는 길을 따라 뛰었다. 개울을 건너고 비탈을 올랐다.

"엇, 배다! 배가 왜 저기 있어?"

장관님이 무심코 돌아서며 물었다. 돛단배가 물오름재 마당바위 위에 동그마니 얹혀 있었다. 소금이가 새에게 물었다.

"혹시 너희가 옮겼니?"

"그럼 배가 날아왔겠어?"

노랑할미새가 말했다. 장관님은 그새 마당바위로 가서 배를 살폈다. 어린 멧돼지들이 멋모르고 졸졸 따라다녔다.

"배에 오르고 싶은 모양인데, 누가 사다리 노릇 좀 해야겠어."

어미 멧돼지 말에 뱀들이 나섰다. 뱀이 서로 몸을 꼬아 이어서 줄사다리를 만들었다.

"어, 여기 사다리가 있네."

장관님은 배 뒤를 한 바퀴 돌아오더니 줄사다리를 딛고 올라갔다. 소금이도 올라갔다. 동물들도 저마다 올라왔다.

"오! 경치가 정말 아름다워. 가슴이 탁 트이네."

장관님은 배 위에서 잔별늪과 푸른머리 호수를 내려다보았다. 돌아서서 모자바위와 깔딱고개 쪽을 바라보기도 했다. 새들은 돛대와 돛 줄에 촘촘히 앉아서 쉬지 않고 떠들었다. 어린 멧돼지와 오소리가 배 위를 우르르

뛰어다니자 배가 알맞게 흔들렸다. 바람이 선선하게 불었다. 나무들이 가볍게 일렁이자 파도가 너울거리는 것 같았다. 장관님도 그렇게 느낀 모양이었다.

"배가 앞으로 움직이고 있어!"

장관님은 선장이라도 된 듯이 동물들을 죽 둘러보았다. 어쩌면 검정이를 찾고 있는지도 몰랐다. 그러다가 소금이에게 물었다.

"근데 저 토끼는 아까 갈비를 뜯던 그 토끼 아니냐?"

"이 숲에는 토끼가 아주 많이 살아요."

숲이라는 말에 장관님은 배 바깥을 잠깐 살폈다. 이제껏 너울대던 파도가 나무숲으로 천천히 바뀌어 보이는 모양이었다. 그리고 무엇보다 어미

멧돼지와 눈이 마주치더니 댓바람에 처음 정신으로 돌아왔다.

"내, 내가 왜 여기 있지? 별장으로 돌아가야겠어."

장관님은 배에서 내려가는 줄사다리를 찾았다. 멧돼지가 뱀들에게 한 번만 더 사다리가 되어 주라고 했다.

"아, 여기 있네. 소금아, 네가 먼저 내려가."

소금이가 먼저 뱀 사다리를 타고 내려왔다. 장관님도 뒤따라 내려왔다. 하지만 장관님이 땅에 다 내려오기 전에 사다리 발판 하나가 풀어져 버렸다. 장관님이 땅으로 쿵 떨어지고 뱀들이 와르르 쏟아졌다.

"으아, 사다리가 모두 뱀이었어!"

장관님은 다리를 절뚝거리며 별장으로 달렸다. 소금이는 잔별늪 능구렁이에게 다가섰다.

"너, 일부러 그랬지?"

"일부러는 아니야. 너무 무거워서 못 버틴 거지."

"그런데 검정이는 왜 안 보여?"

"검정이는 아까 잠깐 왔다가 산신령님이 찾아서 갔어. 나중에 어디 간다던데, 북한산인가 설악산인가?"

날다람쥐가 대신 말했다. 소금이는 돌아서서 장관님을 따라붙었다.

"이젠 괜찮아요. 천천히 걸으세요."

"다리를 삐었나 봐. 세상에 어떻게 이런 일이 있을 수가 있지?"

"여기 숲에는 이런 일 많아요."

"너도 좀 이상해. 쟤들하고 말이 통하지?"

"그럼요."

"나무하고도?"

"예, 장관님도 그럴 수 있어요."

"아서라, 대체 이 숲이 왜 이러는지 모르겠구나."

"왜 이러는지 정말 모르시겠어요?"

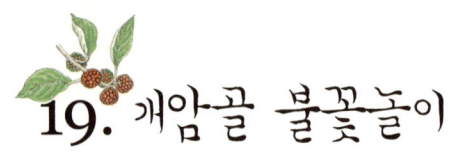

19. 개암골 불꽃놀이

별장에는 주인아저씨가 와 있었다. 그런데 아버지가 무슨 말을 했는지 아저씨 목소리가 꽤나 높았다.

"글쎄 그런 일은 저 위에서 다 알아서 해요! 지금 멧돼지나 물고기 따위가 그렇게 문제요? 아니, 생각이 비슷해야 마주하고 이야기를 나누지 원."

아버지는 소금이를 보더니 더 대꾸하지 않았다.

장관님은 주인아저씨에게 들려줄 말이 많았다.

"내 말 좀 들어 봐요. 숲에서 나무들이 재빨리 움직이면서 길을 내어 주었어요."

아저씨가 시큰둥한 얼굴로 장관님을 살폈다.

"그 길을 따라 산마루에 올라가서 배를 탔다니까요."

"배가 산마루에 있었다고?"

"그렇다니까요. 더 놀라운 것은 배에 오르는 줄사다리였어요. 딛고 오를 때는 몰랐는데 내려오면서 보니까 뱀들이 서로 얽혀서 만든 사다리였어요."

그 바람에 놀라 떨어져서 발목을 삐었다고 하자 아저씨는 장관님 발목을 살폈다. 오른발 복사뼈 둘레가 조금 부어 보였다. 아저씨는 함께 갔던 소금이를 힐끔 보았다.

"모두 참말이에요."

소금이가 말했다.

"내 뒤를 졸졸 따라다니던 새끼 멧돼지가 너무 귀여웠어요."

장관님이 말했다. 아저씨는 아버지를 슬쩍 보았다.

"제가 말한 멧돼지일 수도 있겠네요."

갑자기 아저씨가 큰 소리로 웃었다.

"하하하, 제법 그럴싸한데? 언제 다들 입을 모았지? 발목은 정말 어쩌다 삐었소?"

"됐어요. 토끼가 고기 뜯어 먹은 이야기는 아예 안 하는 게 낫겠네요."

장관님이 방으로 들어가며 말했다.

"뭐요? 하하, 혹시 용궁에 갔던 거 아니오? 당신이 너무 지쳐서 그래요. 좀 쉬어야겠어."

아저씨가 따라 들어가며 말했다. 아버지가 소금이더러 물었다.

"김 서방들이 배를 산으로 옮겼을까?"

"모르겠어. 참, 옻나무는 고집 안 피우고 잘 갔어?"

"응, 마침 붉나무가 와서 잘 타일러서 데려갔어."

조금 뒤에 장관님이랑 아저씨가 다시 방에서 나왔다. 장관님은 읍내 병원에 들른 다음, 산 너머 개암골을 둘러보고 오겠다고 했다.

"소금아, 너도 갈래?"

"네, 개암골에 한 번도 안 가 봤어요."

"아니 얘를 거기 뭐하러 데려가요?"

아저씨는 투덜거리면서 차에 올랐다. 별장에는 아버지만 남았다. 차 안에서 장관님이 말했다.

"당신이 하는 일 말린 적 없지만, 이번 일은 이쯤에서 그만두는 게 낫겠어요. 보고서에 따르면 개암골은 골프장이 들어설 자리가 아니에요."

"가 보지도 않고 그래요?"

"설계도를 보니까 산허리를 모조리 자를 모양이던데, 마구잡이로 그러다가 뒤탈이라도 생기면 줄줄이 힘들어요."

"그것도 안 하고 어떻게 골프장을 닦겠소? 돈이 훤히 보이는데, 인제 와서 그만둘 수는 없어요."

"그만둘 때는 산을 처음 그대로 해 놓아야 해요."

소금이가 말했다.

"야, 이 녀석아, 누가 그만둔다 그래? 쪼끄만 녀석이 어른들 이야기에 끼어들기는!"

아저씨는 차를 아주 빠르게 몰았다. 그때 차 옆으로 검정이가 산신령님을 태우고 휙 지나갔다. 장관님이 놀란 눈으로 말했다.

"방금 지나가는 거 봤어요? 검정이예요!"

"나도 봤는데 검정이는 아니오. 검정이가 차보다 빨리 달릴 수는 없지."

"저도 봤어요. 호랑이예요. 검정이는 산신령님 호랑이예요."

"또 끼어든다. 그런 이야기는 네 아버지 앞에서나 해."

"애를 왜 그리 윽박질러요? 산신령인지는 몰라도 등에 뭔가 허연 게 타고 있었어요."

읍내 병원에 닿았다. 발목 사진을 찍었는데 뼈는 괜찮았다. 의사 선생님은 살갗을 살피다가 가시 따위에 긁힌 자국을 찾아냈다. 장관님이 물었다.

"뱀 이빨은 아닐까요?"

"살짝 스친 자국인데, 뱀이라 해도 독뱀은 아닌 것 같습니다."

아저씨는 장관님이랑 의사랑 천장을 번갈아 보았다.

개암골은 산사태를 만난 것처럼 흙이 벌겋게 드러나 있었다. 벌써 산 중턱까지 찻길을 내어 놓았다. 아저씨가 보란 듯이 물구멍을 열자 뜨거운 물이 뿜어 올랐다.

"여기가 호텔 자리이고, 저어기서 이쪽 숲까지 골프장이 들어설 거요."

아저씨가 숲을 가리킬 때 골짜기에서 말소리가 두런두런 들려왔다.

"거기 누구요?"

골짜기에는 밀짚모자를 눌러 쓴 사람들이 물가에 앉아서 낚시를 하고 있었다.

"피서 왔어요? 여긴 개인 땅이오! 그리고 여기서 무슨 낚시를 합니까?"

아저씨 말에 한 아저씨가 말했다.

"우리는 해마다 여기로 더위를 식히러 와요."

그러면서 낭창낭창한 싸리나무 낚싯대로 물속을 살랑살랑 휘저었다. 낚싯줄도 없는 낚싯대였다. 때마침 한 아저씨 낚싯대가 파르르 떨렸다. 낚싯대를 들어 올리자 끝에 커다란 가재 한 마리가 매달려 나왔다. 그런데 발갛게 익은 빛깔이었다. 밀짚모자 아저씨는 가재를 손바닥에 올려놓고 식히듯이 입김을 후후 불었다. 주인아저씨는 멍하니 지켜보다가 장관님을 보앉다. 장관님이 말했다.

"그러고 있지 말고 빨리 뜨거운 물을 잠가요!"

아저씨가 허겁지겁 뛰어가서 뜨거운 물을 잠그고 차가운 물을 틀어 놓

고 왔다. 밀짚모자 아저씨들이 돌아가면서 입김을 불자 가재는 조금씩 제 빛깔로 돌아왔다. 다리를 꼬물꼬물 움직였다. 마침내 찬물이 흐르는 개울에 가재를 놓아주자 팔팔하게 살아서 돌아갔다.

밀짚모자 아저씨들은 이제 나무숲으로 들어갔다. 손에는 어느새 소나무 막대기가 들려 있었다. 막대기 끝이 뭉툭한 옹이라서 마치 하키 선수가 쓰는 채 같았다. 아저씨들은 편을 나누어 막대기로 솔방울을 툭툭 치며 다른 편 나무 둥치를 맞히는 놀이를 했다. 장관님과 아저씨와 소금이는 저절로 구경꾼이 되었다. 솔방울을 날리는 쪽이나 막는 쪽이나 팽팽하게 잘해서 좀처럼 점수가 나지 않았다. 그러다가 한 아저씨가 겨드랑이 높이로 솔방울을 휘감아 쳐서 마침내 나무둥치를 딱 맞혔다. 아저씨는 기뻐서 밀짚모자를 벗고 춤을 덩실덩실 추었다.

"어, 아저씨!"

홍두깨 아저씨가 불그레한 얼굴로 싱긋 웃었다. 장관님이 물었다.

"아는 아저씨니?"

"예, 모두 숯골에 사는 아저씨예요. 도깨비골이요."

주인아저씨가 나섰다.

"혹시 젊을 때 운동선수들이었소? 모두 잘 치던데 어디 나하고 한판 해 볼까요?"

그렇게 누가 솔방울을 잘 치는지 겨루게 되었다. 먼저 나무 막대기로 멀찍이 떨어진 나무둥치를 맞히기로 했다. 땅딸보 사발 아저씨가 나서서 쉽게 맞혔다. 하지만 주인아저씨 솔방울은 나무둥치를 살짝 벗어났다.

"너무 가까워요. 골프처럼 멀리 치는 맛이 있어야지. 저 위 바위 아래 저 나무를 맞히기로 합시다."

"저 모과나무는 안 됩니다. 이 산에서 가장 신성한 나무요."

털북숭이 멍석 아저씨가 말했다.

"그럼 저쪽 언덕 삽차는 어떻소? 내가 먼저 하겠소."

아저씨가 다리를 어깨너비만큼 벌리고 나무 막대기로 솔방울을 힘껏 쳤다. 솔방울이 하늘로 솟아올라 날아가다가 중간에 힘을 잃고 떨어져 버렸다. 이번에는 절굿공이 아저씨가 나서서 허리를 부드럽게 꺾으며 솔방울을 쳐올렸다. 솔방울이 쭉쭉 날아가서 삼날 바구니 안으로 쏙 들어갔다.

"이 나무 막대기는 나한테 안 맞아요. 골프채를 가져올 테니 기다리시오."

아저씨는 급히 자동차로 달려가서 골프채와 골프공을 짐칸에서 꺼내 왔다. 이제 김 서방 아저씨들은 나무 막대기로 솔방울을 치고 주인아저씨는 골프채로 골프공을 쳤다. 그리해도 주인아저씨 골프공은 번번이 삽차를 피해 떨어졌다.

"똑같이 이걸로 해 봅시다."

똑같이 골프채와 골프공을 써도 마찬가지였다.

"그만하세요. 이겨서 뭐하려고 그리 애를 써요?"

장관님이 말렸다. 주인아저씨는 쓴웃음을 지으면서 골프채를 자기 옆구리에 기대 세웠다. 그리고 지갑에서 작은 네모 종이를 꺼내 김 서방 아저씨들에게 내밀었다.

"나중에 골프장 문 열면 꼭 연락하시오. 모두 일자리를 주겠소."

"허허, 말은 고맙소. 나중에 골프장을 못 열면 연락하시오. 그때는 우리가 일자리를 주겠소."

털북숭이 멍석 아저씨가 웃으며 말했다. 주인아저씨가 따라서 허허허 웃었다. 모두 하하하 웃었다.

해거름 산 그림자가 개암골을 어둑하게 덮었다. 삼태기 아저씨가 삽차로 달려가서 삼날 바구니에 모인 솔방울을 모두 안고 왔다. 김 서방 아저씨들은 나무 막대기로 마른 솔방울을 하나씩 하늘로 쳐올렸다. 솔방울이 높이 높이 올라가 꽃잎처럼 둥그렇게 흩어졌다.

　산 너머에서 비치는 햇살을 받아 불꽃처럼 빛났다. 주인아저씨도 골프채로 솔방울을 하늘로 쳐올렸다. 장관님이 고개를 뒤로 젖힌 채 손뼉을 쳤다. 여기저기서 불꽃이 펑펑 터졌다. 꽃송이 같았다. 갖가지 꽃송이가 개암골 하늘을 아름답게 물들였다.

20. 할아버지, 꼭 다시 오세요!

한바탕 불꽃놀이를 마치고 김 서방 아저씨들은 어둑한 숲길로 줄지어 걸어갔다. 더벅머리 아저씨가 소금이 옆을 지나면서 솔방울 하나를 건넸다.

소금이가 그 솔방울을 살짝 던져 올리자 굴뚝새로 바뀌었다.

소금이가 굴뚝새를 따라나서면서 말했다.

"저는 아저씨들이랑 갈래요."

"얘, 겁도 없이 어딜 따라가? 우리랑 돌아가야지!"

장관님이 소리쳤다.

"걱정 마세요. 산길을 질러서 제가 집에 먼저 가 있을 거예요."

개암나무 비탈길을 걸어 올라가자 모자바위 아래
모과나무가 어렴풋이 보였다.

"모과나무 할아버지 처음 뵙지? 가서 인사드
리고 오렴."

개암나무

땅딸보 사발 아저씨가 말했다. 소금이가 모과
나무 앞으로 다가섰다.

"나무 할아버지, 안녕하세요?"

얼마나 오래 사셨는지, 울퉁불퉁한 둥치가 마치 촛농이 녹아내린 양초
토막 같았다. 가운데는 텅 비어서 어둠이 소복이 쌓여 있었다.

"안 들리세요? 저 소금이예요!"

더 큰 소리로 말하자, 나무둥치 가운데서 둥그런 눈알 두 개가 나타났다.

"그렇게 크게 말하면 못 알아들으셔. 작게 속삭여 보렴."

머리 깃털이 귀처럼 주뼛한 수리부엉이가 말했다.

"모과나무 할아버지, 저 소금이예요."

소금이가 아주 작은 소리로 속삭였다.

"누구, 소금이? 네 이야기 많이 들었다. 네가 땅 밑에 다녀온 그 아이구나."

"저를 아세요?"

"물꼬대왕한테서 들었지. 나는 땅 위와 땅 아래를 두루 본단다."

"아, 그럼 마음버섯도 아세요? 개다래나무는요? 물꼬지기 노래기도요?"

소금이가 소곤소곤 물었다.

"허허, 안개늪 동물들이 답답하고 분한 마음에 두런거리는 소리까지 다 듣지. 지금은 저 김 서방들이 너를 기다리면서 늦겠다고 중얼거리는구나."

"알겠어요. 물꼬대왕님은 잘 계시나요? 다음에 와서 이야기 듣고 싶어요. 그래도 되죠?"

"그러렴. 나도 말동무가 그립단다."

소금이는 모과나무 할아버지와 헤어져서 다시 산길을 걸었다. 달이 떴다. 꼭 삶은 감자처럼 노랗다. 고개를 넘어서자 숯골 산자락이 치마폭처럼 펼쳐졌다. 김 서방 아저씨들이 저마다 몸을 웅크리더니 비탈을 굴러 내려갔다.

"뭐 해? 몸을 웅크리고 구르면서 네가 돌이라고 생각해 봐!"

삼태기 아저씨가 말했다. 소금이는 얼결에 몸을 말고 굴러 보았다.

'나는 구르는 돌이다.'

하지만 겨우 두 바퀴쯤 구르다 산철쭉 덤불에
걸려 버렸다.

"안 되겠다. 내 품에 안겨."

삼태기 아저씨 가슴에 안겼다. 아저씨가 쿵쾅거리며 굴러 내려갔다. 소
금이는 돌 속에 들어 있는 느낌이었다. 귓속에서는 풀벌레 소리가 요란했
다. 어지러웠다.

언제 잠이 들었는지 깨어 보니 집 앞이었다. 세찬 불빛 두 줄기가 눈을
찌를 듯이 다가와서 섰다. 차 소리를 듣고 아버지가 뛰어나왔다.

장관님과 주인아저씨는 다음 날 아침 일찍 별장을 떠났다. 숲을 건
너온 바람이 제법 서늘했다.

"하늘이 무척 파랗구나."

소금이는 아버지를 따라 하늘을 올려다보았다. 구름
한 조각이 돛단배처럼 떠 있었다.

"참, 마당바위에 있는 배는 어떻게 됐지?"

"잔별늪 나루에 곱게 떠 있더라."

그때 검정이가 별장으로 성큼 들어섰다.

"어, 검정아, 이렇게 일찍 어쩐
일이야?"

"할아버지가 돌아가라고
하셨어. 나 인제 호랑
이굴에 안 가도 돼."

"뭐라고? 왜?"

"할아버지는 곧

북쪽으로 가신대. 간밤에 온 나라 산신령님들이 북한산에 모여서 이야기를 했는데, 할아버지가 흰머리산 산신령님으로 가시기로 했대."

"흰머리산이라고?"

소금이가 되묻자 아버지가 부엌으로 들어가면서 대신 말했다.

"백두산이 우리말로 흰머리산이야."

검정이가 이어서 말했다.

"흰머리산 호랑이가 할아버지를 모시러 올 거래. 그런데 장관님이랑 주인아저씨는?"

"이제 막 떠났어. 조금만 일찍 왔으면 만났을 텐데."

아버지가 상을 차렸다. 셋이 아침을 먹었다. 아버지는 장에 나가 보겠다고 했다. 아무래도 주인아저씨가 골프장 공사를 그만두지 않을 것 같다면서 걱정스럽게 말했다.

"곧 공사를 알리는 잔치를 크게 열 모양이더라."

소금이는 호랑이굴로 할아버지를 뵈러 가기로 마음먹었다. 검정이가 태워 주겠다면서 함께 나섰다.

"그냥 나란히 걸어가자."

함지골을 지날 때 박새 한 쌍을 만났다. 개울가 모래흙에서 흙 목욕을 하다가 소금이를 보더니 소리쳤다.

박새

"어, 꼬마 산신령! 어디 가?"

"내가 왜 꼬마 산신령이야? 지금 산신령 할아버지한테 가는 길이야."

"할아버지가 북쪽으로 떠나신다며? 숲에 소문이 쫙 퍼졌어."

그때, 하늘에서 누가 외쳤다.

"소금아! 나 날고 있어!"

"저게 뭐지? 매 아니야?"

하늘 높이 무언가 날고 있었다. 박새 두 마리가 서둘러 나무숲으로 사라졌다. 가만히 보니 커다란 깃털이었다.

"보여? 나 왼돌이야! 산신령 할아버지가 물수리 깃털을 돌려주셨어!"

왼돌이 달팽이가 깃털을 물고 날고 있었다.

"그만 내려와, 내려와!"

검정이가 걱정이 돼서 경중경중 뛰는데도 왼돌이는 곧장 잔별늪 쪽으로 날아갔다.

첫내골을 거슬러 마침내 호랑이굴에 닿았다. 할아버지가 벽을 마주 보고 있었다.

"할아버지, 무슨 생각하세요?"

"누구냐! 어떤 고얀 녀석이 잠을 깨워?"

"주무셨어요? 소금이예요. 할아버지가 떠나신다고 해서 왔어요."

"호랑아, 너는 왜 다시 왔냐!"

그러면서 고무신 한 짝을 집어서 소금이한테 던졌다.

"다시 온 거 아니에요. 그냥 저하고 같이 왔어요."

소금이가 고무신을 주워들며 말했다.

"거기 물이나 좀 떠 와. 목마르다."

소금이가 첫내골 으뜸샘으로 쏜살같이 달려가서 고무신에 물을 담아 왔다. 할아버지는 고무신 뒤축으로 물을 달게 마셨다.

"너도 목마르냐?"

할아버지가 물을 조금 남겨서 내려놓자 검정이가 혓바닥으로 핥아 먹었다.

"할아버지, 흰머리산에 가는 길이요, 철조망이 있잖아요. 거기를 어떻게 지나가실지 걱정이에요."

"그 철조망은 벌써 삭아 없어진 거나 다름없단다. 있으나 마나지. 그보다 더 넘기 어려운 철조망이 있지."

"어떤 철조망인데요?"

"사람 마음속에 있는 철조망."

"에이, 설마요. 아무튼 흰머리산 호랑이는 철조망을 쉽게 넘을 수 있지요?"

"이늠아, 그 철조망은 헛것이라니까! 그깟 철조망이야 깔딱고개 너머 김 서방들이 하룻밤이면 다 걷어내 버리지."

"예? 그럼 그렇게 해 버려요! 그게 좋겠어요."

"어이구, 이 녀석아! 철조망이 거기만 있는 것이 아니래도!"

"또 어디 있는데요? 아, 제 마음속에는 없어요."

"그래, 모두 너만 같아라. 후유, 숨차다."

"자꾸 소리를 높이시니까 그렇지요. 할아버지가 보고 싶으면 어떻게 해요? 숲 속 동무들도 그리워할 거예요."

"나도 달팽이산이 그리울 게다."

"앞으로 달팽이산은 누가 돌봐요? 새 산신령님은 언제 오시는데요?"

"안 온다."

"예에? 그럼 호랑이굴은 비워 놓아요? 개암골 물구멍은 어쩌고요? 골프 장을 막아야 하잖아요!"

"그래서 내 호랑이를 너한테 보내지 않았느냐? 이 굴도 이제 너희 굴이다."

검정이가 목을 주욱 뽑으며 어깨를 한 번 추슬렀다.

"우리가 이 굴을 지켜요? 그럼 나이 많아지면 할아버지처럼 되는 거예요?"

"왜, 그게 못마땅해?"

"혹시나 저도 모르게 소리를 지르고 성을 낼까 봐서요."

"떽끼! 이늠아, 내가 언제 그랬느냐!"

"지금도 그러시잖아요."

소금이가 뒤로 슬금슬금 물러나면서 말했다. 검정이는 미리 굴 밖으로 나가 있었다.

"요 고얀 녀석들! 어딜 슬슬 내빼는 게야? 게 섰거라!"

고무신이 휙 날아왔다. 소금이는 얼른 검정이를 타고 내뺐다.

"아부지한테 맛있는 거 해 달래서 또 올게요."

할아버지가 굴 밖에까지 나와서 뭐라고 소리를 높였다.

그 이튿날, 한밤중에 아버지가 소금이를 깨웠다.

"소금아, 할아버지가 떠나시려나 보다."

"오늘 밤에?"

눈을 비비면서 아버지를 따라나섰다. 검정이도 함께 나섰다. 풀잎에 맺힌 이슬을 발등으로 차면서 잔별늪을 지나 물오름재 마당바위에 올랐다. 숲 속 동무들도 보였다.

"이렇게 빨리 가실 줄 몰랐어. 맛있는 거 갖다 드린다고 약속했는데."

"낮에 수수찰밥이랑 국화술 한 병 가져다 드렸다."

아버지가 모자바위 쪽을 올려다보며 말했다.

이윽고 모자바위 너머에서 빛이 환하게 솟아올랐다. 두 줄기 빛이 둥그렇게 하나로 어우러진 빛 덩어리였다. 빛은 모자바위에 잠깐 멈추었다가 산자락을 내리달아 숲골로 사라지더니, 곧 깔딱고개에 나타났다. 그러더니 한달음에 호랑이굴로 들어갔다. 굴 밖으로 빛이 부옇게 비쳐 나왔다. 온 숲이 숨을 고르듯 조용했다.

드디어 산신령 할아버지가 흰머리산 호랑이를 타고 굴에서 나왔다. 깔딱고개로 성큼 올라가서 잠깐 멈추었다.

"할아버지, 안녕히 가세요!"

소금이가 손바닥을 둥글게 모아 입에 대고 말했다. 골짜기마다 숲 속 동무들도 소리 높여 인사를 했다. 아버지는 두 손을 모으고 머리를 숙였다.

할아버지는 깔딱고개를 넘어 숯골로 잠깐 사라졌다가 산비탈을 빠르게 거슬러 올라 모자바위 위에 다시 섰다.

"다음에 꼭 다시 오세요!"

"할아버지, 잘 가세요!"

온 숲이 깨어서 할아버지를 배웅해 드렸다.

21. 곰실에서 살고 싶어요

"소금아, 검정이랑 둘이 한 며칠 지낼 수 있겠어?"

"어, 또 엄마 찾으러 가?"

소금이는 가을이 온 것을 느꼈다. 아버지는 철이 바뀔 때마다 엄마를 찾아서 도시로 나갔다가 온다. 봄이 올 때도 그랬고, 봄이 여름으로 바뀔 때에도 그랬다. 저번에는 소금이도 함께 도시로 따라가서, 엄마처럼 마음을 다친 사람을 돌보는 곳을 여러 군데 둘러보고 왔다.

다음 날 이른 아침, 아버지는 미리 꾸려 둔 가방을 메고 엄마를 찾으러 떠났다. 소금이랑 검정이는 개암골에 가 보기로 했다. 가는 길에 밤나무 숲에서 다람쥐를 만났다. 겨울에 꺼내 먹으려고 알밤을 땅에 묻고 있었다.

"묻어 놓은 곳을 나중에 어떻게 아니?"

"배가 고프면 내가 안 묻은 것도 찾을 수 있어."

소금이는 알밤을 몇 개 주워서 호주머니에 넣었다. 검정이가 밤송이들 사이에서 고슴도치를 찾아냈다.

"도치야, 여기서 뭐 해?"

"벌레 먹은 밤을 찾고 있어."

"우리랑 개암골에 갈래?"

"바빠서 안 돼. 겨울잠을 자려면 벌레를 바지런히 찾아 먹어야 해."

첫내골과 선녀골 갈림길에서는 고라니 '그러니'를 만났다. 물 마시러 내려온 줄 알았더니 붉나무 열매를 핥아 먹고 있었다.

"어떤 맛이야?"

"짠맛. 가끔 소금을 먹어야 해. 그래야 추위를 이기지."

이제 막 가을로 들어섰는데 모두 겨울을 생각하고 있었다.

깔딱고개에 올라섰다. 도깨비골이 한눈에 들어왔다. 옛날에는 숯골이었다. 숲 어디쯤에 곰실 마을이 포근히 안겨 있을 것 같았다. 옛날 무덤 돌기둥 사이로 들어가서 만났던, 어릴 적 엄마 모습이 떠올랐다. 임순영. 소금이는 마음속으로 엄마 이름을 불러 보았다.

검정이가 소금이를 태우고 바람보다 빨리 달렸다. 옛날 무덤을 지날 때 굴뚝새 몇 마리가 따라오더니 뒤에 처져 버렸다. 단숨에 개암골에 닿았다.

하늘에 떠 있는 커다란 고무풍선이 맨 먼저 눈에 들어왔다. 풍선에는 골프장 공사를 축하하는 드림막이 매달려서 나부꼈다.

건너편 언덕에서 땅을 파는 기계 소리가 크르르르 들렸다. 검정이가 기계를 보며 컹컹 짖었다. 소금이는 모과나무 할아버지한테 갔다.

"나무 할아버지, 일이 바빠졌어요."

"……."

"정말로 골프장이 들어서려나 봐요."

소금이가 더 작게 속삭였다. 그제야 할아버지가 말했다.

"그러게, 내가 너무 오래 살았어. 별일을 다 보는구나."

"어떻게 해요? 나무가 자꾸 잘려나가요."

"물구멍을 막아야 해. 땅 밑에서도 걱정이 많을 거다."

"물꼬대왕님도 아실까요?"

"알아도 뜨거운 물은 어쩌지 못해."

"차가운 물이라도 막아야 해요. 제가 대왕님을 만나야겠어요. 할아버지, 길이 없을까요?"

"내 안에 길이 하나 있기는 있지. 내 굵은 뿌리는 오래되어서 속이 비어 있단다. 그렇지만 너는 커서 안 돼."

"그럼, 다람쥐는요?"

"다람쥐도 커."

"고슴도치는요?"

"더 작아야 해."

그때 모과나무 둥치 속에서 수리부엉이가 졸린 눈으로 얼굴을 내밀었다.

"그렇게 마음대로 정하면 안 되잖아. 갈 만한 동무한테 물어보는 일이 먼저지."

듣고 보니 부엉이 말이 옳았다.

"그래야겠어. 할아버지, 수리부엉이도 너무 크지요?"

"하이참, 먼저 물어봐야 한다니까."

수리부엉이가 눈을 커다랗게 뜨고 웃었다.

"나무 할아버지, 물꼬대왕님을 만나러 갈 동무를 정해서 다시 올게요."

소금이 말이 떨어지기 무섭게 검정이가 소금이를 태우고 휙 내달렸다.

도깨비골에 닿으니 김 서방 아저씨들이 옛날 무덤 옆에서 쿨쿨 자고 있었다.

"모두 일어나세요! 지금 낮잠 잘 때가 아니에요. 개암골에 공사를 알리는 풍선이 떴어요."

그러자 도리깨 아저씨가 부스스 눈을 뜨며 물었다.

"거기 가면 수건 한 장씩 주나?"

뒤따라 절굿공이 아저씨도 일어났다.

"나도 수건이 있어야겠어."

"지금 수건이 탐나세요? 개암골이 없어진다고요!"

다른 아저씨들도 모두 잠을 깼다.

"달게 자는데 왜 그렇게 떠들어?"

털북숭이 멍석 아저씨가 일어나더니 도깨비방망이로 등을 벅벅 긁어 댔다. 소금이가 모과나무 할아버지랑 나눈 이야기를 차근차근 말했다.

"차가운 물구멍은 그렇게 막는다 치고, 남은 것은 뜨거운 물구멍인데."

멍석 아저씨는 울퉁불퉁한 방망이로 땅을 툭툭 치며 생각에 잠겼다.

"아, 빨간 구슬! 옴개구리가 있잖아?"

"하지만 구슬이 몸속에 있어서 꺼낼 수가 없어요."

"배를 갈라야지! 아니면 옴개구리를 고대로 뜨거운 물구멍에 던져 넣든가!"

"아저씨, 왜 그러세요? 그 방망이 때문인가 봐요. 어서 내려놓으세요!"

멍석 아저씨가 방망이를 돌기둥에 기대 세우며 말했다.

"아무튼 옴개구리를 한번 만나 봐."

"알겠어요. 그렇지만 아저씨 말 대로는 못 해요."

김 서방 아저씨들과 헤어져서 깔딱고개를 오르다가 날다람쥐를 만났다.

"하늘보자기! 옴개구리 팔딱 못 봤니?"

"못 봤어. 호주머니 속에 뭐야?"

소금이는 알밤을 꺼내 주며 팥떡을 좀 찾아보라고 일렀다. 집으로 오면서 호미골 콩밭머리에 잠깐 앉아서 쉬었다. 마음은 급한데 앞이 막막했다. 잎이 누렇게 물들어 가는 콩밭을 보면서 소금이가 중얼거렸다.

"누가 땅 밑에 가면 좋을까?"

"내가 가면 되지."

어디선가 이런 소리가 들렸다. 검정이도 눈을 동그랗게 떴다. 한 번 더 물어보았다.

"누가 땅 밑에 가지?"

"내가 가면 되지."

콩밭 뒷 고랑에서 나는 소리였다. 달려가 보니 아무도 안 보이고 지렁이 한 마리가 흙 속에서 머리를 사부자기 내밀었다.

"혹시 네가 대답했니?"

"땅속으로 들어가는 일은 내가 잘해."

"한두 뼘 들어가는 게 아니라 땅속 나라까지 가야 해."

"그것참 신 나겠는걸. 그런데 왜 가야 하는데?"

"그건 가면서 이야기해 줄게."

소금이는 지렁이와 함께 검정이 등에 탔다. 금세 모과나무 할아버지 앞에 닿았다.

"할아버지, 지렁이는 어때요?"

"꼭 알맞은 동무를 데려왔구나. 지렁아, 가다가 길이 막히면 길을 먹어 치우면서 나아가거라."

그렇게 지렁이는 땅속 나라로 떠났다.

"인제 옴개구리를 찾아봐야겠어요."

모자바위와 깔딱고개를 단숨에 넘어 첫내골 으뜸샘에 닿았을 때, 날다람쥐를 다시 만났다.

"아무도 팥떡이 있는 곳을 몰라. 그런데 소문 들었어? 선녀골에 선녀가 내려왔대."

"하하, 누가 그래?"

"어치한테 들었는데, 온 숲에 소문이 좍 퍼졌어. 가 보자."

선녀골로 가는 길에 마침 어치를 만났다. 날다람쥐가 냉큼 물었다.

"선녀 봤어?"

"응, 그런데 아줌마 선녀야."

선녀골에 이르자 콧노래 소리가 들렸다. 어떤 아줌마가 물에 발을 담근 채 등을 보이고 앉아 있었다. 소금이가 다가가자 고개를 돌려 바라보았다. 그러고 한동안 둘 다 몸이 굳어 버렸다. 소금이는 혀도 굳어 버렸다. 엄마였다.

"어, 우리…… 만난 적 있지? 호두나무. 맞아, 저 날다람쥐! 꿈이었나?"

"꿈 아니에요. 그때 도시로 가고 싶다고 그랬잖아요."

"그랬니? 인제 도시에 안 갈 거야."

"아부지는 도시로 엄마를 찾으러 갔어요."

"아부지?"

"예, 석구 오빠요."

"아, 석구 오빠아."

엄마는 무릎에 얼굴을 묻고 한참 동안 흐느꼈다. 그러더니 손바닥으로
눈물을 훔치며 물었다.

"우리 이룸이는?"

"저예요, 엄마! 처음에는 이룸이, 그다음에는 이름이, 이젠 소금이에요."

엄마가 맨발로 다가와서 소금이를 포옥 껴안고
머리카락을 부드럽게 어루만지면서 속삭였다.

"꿈이 아니었어."

"인제 아무 데도 가지 말아요. 곰실에서
같이 살아요."

소금이는 엄마 등을 손으로 쓸어 보았다.
정말 꿈이 아니었다.

엄마와 집으로 왔다. 서로 할 이야기도 많았
다. 소금이는 달팽이산에서 일어난 일들을 엄
마한테 들려주었다. 산신령 할아버지와 김 서
방 아저씨들과 물꼬대왕님과 버섯 아이들과 물
오름재에 올라간 돛배와 개암골 물구멍까지. 엄

마는 어릴 적 곰실 마을 이야기를 엊그제 일처럼 초롱초롱 늘어놓았다.

"그런데 석구 오빠는 숯 팔러 가서 왜 이리 안 오지?"

"올 거예요. 걱정 마세요."

이따금 앞뒤가 안 맞는 말을 해도 소금이는 참따랗게 들어 주었다.

사흘 만에 아버지가 돌아왔다.

"순영아!"

"석구 오빠!"

엄마는 그저 숯 팔러 장에 다녀온 오빠를 반기듯이 웃으며 맞았다. 그 날 저녁은 검정이까지 네 식구가 다시없이 고마운 마음으로 먹었다. 소금 이는 털북숭이 멍석 아저씨가 준 붓으로 달력 종이에 엄마 얼굴을 그려서 대문에 붙였다. 다음 날 아침, 대문 앞에는 머루와 다래가 소복이 놓여 있 었다. 만나는 숲 동무마다 마냥 기뻐해 주었다. 그때까지도 팥떡은 안 보 였다. 풀과 나무들도 있는 곳을 모르고 숲 동 무들도 하나같이 간 데를 몰랐다. 황소개 구리가 말했다.

"팥떡이 일부러 숨은 것은 아닐까? 아 니면 다른 숲으로 떠나 버렸거나."

"잘 모르면서 그렇게 말하지 마."

머루와 다래

골프장 공사 잔칫날이 되었다. 검정이와 소금이는 숲 동무들과 깔딱고 개를 넘어 노자바위 쪽으로 올라갔다. 김 서방 아저씨늘이 먼저 와서 개 암골 잔치 마당을 내려다보고 있었다. 달팽이산에서 골골샅샅 터를 잡고 살아가는 여러 목숨들이 다 모여서 내려다보았다.

어디서 오는지 사람들이 버스 여러 대에 나누어 타고 왔다. 검은 자동차도 줄줄이 닿았다. 두 물구멍에서는 물줄기가 콸콸 뿜어져 나왔다.

"지렁이는 아직 물꼬대왕님을 못 만났을까?"

검정이가 말했다. 까마귀 떼가 개암골 하늘 위를 슬피 울며 날았다. 멧돼지가 분을 못 이겨 달려 내려가려는 걸 동무들이 어렵게 말렸다. 대신에 잔치 끝머리에 쏴 올릴 폭죽 전선을 갉아 끊어 놓겠다며 들쥐들이 몰래 내려갔다. 소금이는 모과나무 할아버지한테 갔다.

"할아버지, 우리 힘으로는 안 되겠어요."

"그런 말은 더 있다가 해도 늦지 않아."

할아버지 말이 끝나기 바쁘게, 차가운 물구멍에서 솟아나오던 물줄기가 사그라져 버렸다. 사람들이 물구멍 둘레에서 물줄기를 다시 쏟아지게 하려고 허둥거렸다.

"지렁이가 해냈어."

검정이가 말했다. 그렇지만 뜨거운 물줄기는 그대로 솟구치고 있었다.

"이럴 때 팥떡은 도대체 어디서 뭘 하고 있담."

누군가 살짝 투덜거렸다. 그때 수리부엉이가 날개를 탁탁 치며 말했다.

"잠깐! 모두 조용히 귀를 기울여 봐. 모과나무 할아버지가 어떤 소리를 들으셨대."

"깔딱고개 쪽이야."

"개구리 소리 같아. 팥떡인가?"

귀 밝은 동무들이 하나둘 말했다. 소금이는 검정이와 한몸이 되어서 깔딱고개 쪽으로 내달렸다. 날쌘 토끼 '솔바람'도 뒤따라 달렸다. 소리는 뜻밖에 호랑이굴에서 들려왔다. 굴 안에서 붉은빛이 새어 나왔다.

세상에나! 팥떡이 빨간 구슬을 꼭 안고 있었다.

"내가 낳았어."

그러고는 맥없이 까무러쳐 버렸다.

"팥떡은 내가 돌볼 테니까, 얼른 구슬을 가지고 개암골로 가."

솔바람이 말했다. 소금이와 검정이는 구슬을 지니고 다시 개암골로 내달렸다. 붉은빛을 보고 숲 동무들이 모두 소리를 질렀다.

"그런데 이 구슬을 어떻게 저 뜨거운 물구멍에 넣지?"

소금이가 동무들을 둘러보며 물었다. 아무도 선뜻 나서지 않았다. 그때 털북숭이 멍석 아저씨가 말했다.

"그건 우리한테 맡겨."

김 서방 아저씨들이 서로 머리를 맞대고 수런거리더니, 절굿공이 아저씨를 앞으로 내세웠다. 이윽고 절굿공이 아저씨가 뭉툭한 소나무 막대기를

휘두르며 모자바위 위에 섰다.

"아저씨는 해낼 수 있어요."

소금이가 절굿공이 아저씨 앞에 빨간 구슬을 가만히 놓으며 말했다.

아저씨가 싱긋 웃었다. 모든 동무들이가 가슴을 졸이며 지켜보았다. 소
금이도 숨을 낮추고 아저씨 몸짓을 따라 속으로 힘을 보탰다.

"딱!"

드디어 빨간 구슬이 솟아올랐다. 구슬은 높이 솟아올랐다가 곧바로 산줄기처럼 흘러내려, 물줄기를 뚫고 물구멍 안으로 들어갔다. 빨간 물방울들이 비 오듯이 쏟아졌다. 사람들이 놀라서 웅성거렸다. 공사 시작을 알리는 폭죽을 쏘아 올릴 차례가 되었지만, 숲 속 동무들은 벌써 등을 돌려 저마다 자기네 골짜기로 발걸음을 옮겼다. 아무도 폭죽이 터질 거라고 믿지 않았다. 들쥐들은 언제 돌아갔는지 보이지도 않았다. 호랑이굴로 팥떡을 보러 가는 동무도 있었다. 김 서방 아저씨들도 숲 동무들과 함께 산자락 내리막길을 어우렁더우렁 걸었다.

"모과나무 할아버지, 자주 놀러 올게요. 앞으로 어쩌면 숯골 곰실에서 살지 몰라요."

검정이와 소금이는 산꼭대기에 올라 달팽이산 여러 골짜기를 한눈에 굽어보았다. 골짜기마다 가을빛이 곱게 스미고 있었다.

추천사

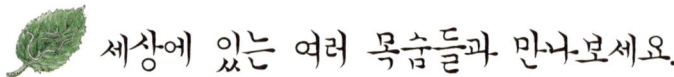

세상에 있는 여러 목숨들과 만나보세요.

조월례 어린이 책 전문가

세상에는 수많은 목숨들이 있습니다. 우리 눈에 잘 보이지 않는 땅속을 기어다니는 조그만 벌레부터 하늘을 나는 새, 그리고 동물의 왕이라 불리는 사자와 호랑이, 그리고 사람. 이 모든 것들이 서로 어울려 살아가고 있습니다. 이 모든 동물들은 똑 같이 하나의 목숨을 가졌고, 저마다 힘껏 살아가고 있습니다. 눈에 보이지도 않을만큼 조그만 벌레도, 세상의 주인이라고 하는 사람도 그 목숨값을 저울에 달면 누구나 똑같은 무게가 될 것입니다.

이 동화책에는 이처럼 여러 목숨들이 등장합니다. 평소에 우리는 전혀 조금도 마음쓰지 않던 목숨들입니다. 고슴도치, 능구렁이, 물총새, 왕사마귀, 오소리, 고라니, 멧토끼, 실베짱이, 다람쥐 청설모, 호랑나비, 산개구리, 달팽이, 검정개, 이 모든 것들이 살아가는 세상입니다.

뿐만 아닙니다. 온갖 종류의 나무들도 하나의 생명으로 등장합니다.

이 모든 목숨들은 사람이 살아가듯이 그렇게 함께 놀고, 이야기 하고, 어려운 일이 있으면 힘을 합해 헤쳐 나가며 살아갑니다. 산신령과 검정개가 서로 이야기를 나누고, 나무와 나무가 이야기를 나누며 신나게 놀기도 하며 살아갑니다. 사람과 도깨비와 신신령 할아버지, 그리고 살아있는 모든 것이 서로 마음을 나누며 살아가는 것입니다. 무엇보다 우리가 옛 이야기에서 만났던 신기하고 재미나게 생긴 도깨비들을 만날 수 있습니다.

이 이야기를 을 쓴 김우경 선생님이 세상에 살아있는 모든 것은 자연속에서 주어진 생명이 자유롭고 평등하게 살아가야 한다는 생각을 갖고 있습니다. 생명에 높고 낮음이 있을 수 없다고 여기기 때문이지요.

이 책을 읽는 재미는 세상에 살아있는 수많은 목숨들이 사랑하고, 기뻐하고, 삐지고, 뭔가를 하고 싶어하는 모습과 함께 그들이 지닌 다양하고 재미있는 생김새와 특징을 알 수 있습니다. 산속에서 살아가는 목숨들이 서로의 특징과 생김새를 보며 서로 이름을 지어 불러주니까요. 자라는 뺑쟁이입니다. 걸핏하면 용궁이 어디 있는지 안다며 으스대기 때문입니다. 오소리는 풀꽃들이랑 잘 지내니까 '꽃소리'가 됩니다. 독을 지닌 살무사는 '머리 세모 몸통통이'라는 조금 긴 이름을 새로 얻기도 합니다. 이렇게 보면 세상에 있는 목숨들이 사랑스럽고 귀한 존재로 다가오기도 합니다.

이 책은 우리나라 사람이면 누구나 즐겁게 읽을 수 있는 스물한가지 이야기가 실려 있어요. 한편씩 읽어도 되고 이어서 읽어도 각각의 이야기들이 살아서 우리에게 다가 옵니다.

이야기를 읽다보면 세상의 모든 목숨들과 함께 어울려 살아가는 아름다운 세상을 만들기 위해서 지켜야 할 것들이 무엇인지 저절로 알게 됩니다.

이책은 여러분들에게 세상에 있는 수많은 목숨들이 여러분 마음에 전하는 사랑과 자유, 평등과 평화의 마음을 가득 느낄 수 있게 할 것입니다.

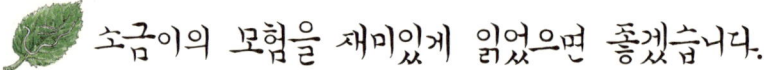
소금이의 모험을 재미있게 읽었으면 좋겠습니다.

엄혜숙 아동문학평론가, 번역가

　이 작품은 이름에 대한 생각을 해보게 합니다. 이름이란 대개 이름을 지은 사람의 바람을 담은 경우가 많습니다. 원래 주인공 이름은 '이룸'이었는데, 아버지가 동사무소에서 잘못 올리는 바람에 '이름'이 됩니다. '남'이라는 성에 '이름'이라는 이름이 붙었으니 '남 이름'. 내 이름이 아닌 남 이름으로 살아가려니까 얼마나 맘에 안 들겠어요? 이 작품은 주인공이 자신의 이름을 스스로 찾고 그 내용을 채워 가는 이야기이기도 합니다. 그런데 '소금이'란 이름은 주인공과 친한 동물 친구들이 붙여준 거예요. 이마를 핥았더니 소금 맛이 난다며 붙여준 거지요. 바람보다는 현재의 상태를 이름으로 붙여준 거예요.

　이 작품에서 또 하나 인상깊은 것은 주인공이 수많은 동물이며 식물들과 동무가 되어 살아가는 모습입니다. 학교에 가서 공부하는 대신에, 주인공은 주변의 동물이

나 식물들과 함께 놀고 이야기하며 살아가지요. 이 작품에는 수많은 동식물의 모습과 이름이 나오는데요, 사전에 나오는 이름과 함께 자기들이 스스로 붙인 이름이 나와서 흥미진진합니다. 재미있게 읽다 보면, 독자가 저절로 수많은 동식물의 이름과 모습을 익힐 수 있는 거예요. 어쩌면 작가는 이 작품에서 자연과 멀어진 인간이 처한 위기를 보여주고 싶었는지도 모릅니다. 환경을 보호해야 하는 환경부 장관의 남편이 회사 사장님과 함께 개발이란 이름 아래 자연을 훼손하는 게 바로 그런 모습이겠지요. 작품에 등장하는 산신령이라든가 물꼬 대왕, 도깨비 들은 인간을 둘러싸고 있는 자연의 힘을 상징하고 있을 거예요. 그러나 이런 존재들이 살 곳이 없어져서 떠나는 것이 곧 현재의 우리 모습인 거지요. 이 작품은 마음의 병이 심해 집을 떠났던 소금이 엄마가 집에 돌아오는 것으로 마무리됩니다. 주인공 소금이는 엄

마 아빠와 함께, 동식물 친구들과 함께 행복하게 살겠지요.

옛이야기와 연관성이 있는 소재, 아름답고 고운 언어들, 자연과 인간의 공존을 생각하게 한다는 점에서 이 작품은 권정생의 〈랑랑별 때때롱〉을 떠올리게 합니다. 물론 작품의 결은 다르지만요. 아이들이 소금이의 모험을 재미있게 읽었으면 좋겠습니다.

 우리는 이 산과 들을 식물, 동물, 산신령에게서
잠시 빌린 것이다.

권해진 환경운동가, 한의사

식물이 걸을 수 있다면 동물이 말을 할 수 있다면 산신령이 있고 물꼬 대왕이 있다면……. 이런 모든 상상을 이야기로 만든 것이 이 책이다. 우리는 이 산과 들을 식물, 동물, 산신령에게서 잠시 빌린 것이다. 우리 인간이 주인이 아니다. 주인들이 아무 말 없이 있다고 인간이 파헤쳐서 골프장을 만들고 온천을 만들 권리는 없는 것이다. 책 속에 도라지가 3년 묵으면 펑 사라진다는 이야기가 있다. 그렇듯이 어느 순간 자연이 펑하고 사라지면 어찌 될까? 욕심쟁이에게는 보이지 않는다는 산삼이 심마니에게 보이는 것은 자연을 파괴하지 않고 자연과 더불어 사는 사람이어서 그런 것은 아닐까? 자연을 보호하고 생명을 존중하는 마음이 소금이의 모험 속에 재미와 감동으로 녹아 있다.

우리와 함께 살고 있는 소중한 생명들의 소리가
담겨 있습니다.

이혜란 환경운동가, 생태 강사

자연 안에서 뛰어놀던 어린 시절의 기억은 늘 가슴 한편에 남아 있습니다. 나무에 오르거나, 개울 물살에 신발을 떠내려 보내고, 풀숲에 몸을 숨기고, 이름도 모르는 것들의 맛을 보다가 호되게 당해본 기억들이 이 이야기를 읽으며 다시 또 다른 이야기처럼 떠오릅니다. 어른이 되어서도 꿈인지 생시인지 헷갈리는 사건이 있습니다. 8살 사내아이처럼 온 동네를 누비던 그 시절 서울의 온갖 쓰레기며 잡동사니들을 쌓아놓은 쓰레기산이 있었습니다. 그 쓰레기 산에 겨우 남은 풀숲에서 메뚜기를 발견하고 순식간에 의식을 잃어 병원에 실려 간 일이 있습니다. 깨진 유리조각에 발을 찔리면서 그 충격에 의식을 잃었지만 사실 그때 잊을 수 없는 기억은 메뚜기의 '메롱~'이었습니다. 그 일이 사실이든 사실이 아니 든 지금 가만히 떠올려 보면 누구도 믿지 않았던 그 사건이 어른이 되고 또 부모가 되는 시간 동안 내 머릿

속을 떠돌며 '행복한 쉼'의 자리를 마련해 주었습니다. 이런 어린 시절의 경험들은 많은 관계들뿐만 아니라 자연과 더불어 사는 것이 얼마나 중요한 것인지 깨달음을 줍니다.

　『소금이』는 그 어린 시절의 '작은 나'를 불러내어 자연과 함께 상상의 세계로 안내해준 고마운 이야기입니다. 또 우리와 함께 살고 있는 소중한 생명들의 소리가 담겨 있습니다.